Mensonge d'une nuit d'été

Charlotte Marin
Marion Michau

Mensonge d’une nuit d’été

ÉDITIONS FRANCE LOISIRS

Édition du Club France Loisirs,
avec l'autorisation des Éditions Michel Lafon.

Éditions France Loisirs,
123, boulevard de Grenelle, Paris
www.franceloisirs.com

ISBN : 978-2-298-06516-9

À Marc et Bertrand
nos atouts cœur, nos Martin Gall

« Il vaut mieux qu'il pleuve un jour comme aujourd'hui, plutôt qu'un jour où il fait beau. »

Pierre Dac

J'ai les mains qui tremblent comme une vieille junky. Ça fait neuf heures quarante-sept minutes et vingt-trois secondes qu'on a quitté Bombay. Je suis à deux doigts de m'allumer une clope. Je me lève, arpente les allées de l'avion pour me calmer et, accessoirement, éviter de prendre un passager en otage, lui mettre ma fourchette en plastique sous la gorge et hurler à la cantonade : « QUE QUELQU'UN ME FILE UNE NICORETTE OU JE LUI FAIS UNE TRACHÉO !!! » Je me rassieds et tente de mettre en pratique les enseignements du seul cours de yoga que j'ai enduré. Inspiration, expiration, inspiration… hyperventilation. Je vois danser des Gitanes dans leurs volutes bleues. Il faut que je me reprenne. On atterrit dans une heure et qu'est-ce qu'une heure de la vie d'une femme ? Une épilation intégrale, l'attente minimum chez un gynéco, un cours d'abdos fessiers… Je peux y arriver. La voix du commandant de bord jaillit des haut-parleurs et me hérisse les cils de l'oreille interne :

— Mesdames et messieurs, votre attention, s'il vous plaît. J'ai le regret de vous annoncer qu'en raison d'un problème de signalisation à l'aéroport Charles-de-Gaulle, nous aurons une heure de retard.

L'avion aura peut-être assez de carburant, mais pas moi ! J'attrape mon paquet, le cache dans mon sari et file aux toilettes. Je suis tellement nerveuse qu'en essayant de sortir une clope, je les fais toutes tomber dans la cuvette. Dans un réflexe quasi animal, j'en sauve une à la volée. Je pousse un râle de soulagement, m'échoue sur le trône, allume ma cigarette avec la fébrilité de la petite marchande d'allumettes et tire une longue latte.

Je sais que c'est mauvais... mais qu'est-ce que c'est bon !

Allez, encore une taffe et je la jette dans les toilettes. Disons deux... Oh, encore une bouffée... Je me penche au-dessus de la cuvette et, alors que j'en tire une dernière à fleur d'eau, une alarme déchire le silence ronronnant des moteurs. Merde ! Alerte à toutes les unités ! Je balance ma clope. Quelqu'un frappe à la porte. Je bredouille :

— C'est occupé !

Je retrousse mon sari, empoigne ma tong, monte sur la lunette et explose le détecteur de fumée. Ça tambourine de plus belle.

Je fais des moulinets avec les bras pour dissiper la fumée. De l'autre côté de la porte, un Tamoul me somme de « open the door » en mastiquant un anglais Bollywood chewing-gum. Je gagne du temps :

— I've got the tourista ! Minute please !

Le loquet passe soudainement de *occupied* à *vacant*. La porte s'ouvre, le steward se rue sur moi et m'empoigne. Je perds ma deuxième tong dans la bataille. J'ai à peine le temps de les rattraper qu'il me traîne, pieds nus sur la moquette. J'ai les orteils qui fument (ils ont bien de la chance). Alors que je suis rassise de force à ma place, mes voisins me dévisagent. Je baisse la tête, les joues couleur carpaccio. Deux membres virils de la police de l'air prennent la relève et me ceinturent à mon siège. Comment leur dire avec les mots qui touchent que je suis un tantinet serrée ?

Les heures qui suivent passent comme des jours. Surveillée par mes chevaliers du ciel, je n'ose même pas sortir mon magazine de sudoku. Quand on se pose enfin, ils m'ordonnent d'attendre que tout le monde ait quitté l'avion, me détachent et m'escortent *manu militari* à travers les boyaux de l'aéroport.

Les portes coulissantes du terminal E s'ouvrent. Je franchis la ligne d'arrivée. Ça grouille de monde. Astucieusement drapée dans mon sari rose, dorée comme un cheese-naan, je dois avoir un petit côté Gandhi à la Gay Pride.

J'aperçois ma sœur Delphine qui brandit un panneau « Namaste Charlotte Malesh ». Je lui rends son bonjour, les deux bras levés. Elle s'arrête net en apercevant les menottes qui enserrent mes poignets. Les deux policiers m'ordonnent de baisser les bras.

J'ai pourtant mis du déo ce matin...

Ils me font patienter sur le côté pour laisser sortir les passagers de mon vol. J'adresse à ma sœur un sourire de première communiante. Atterrée, elle rabat son panneau et secoue la tête. Une voiturette chargée de bagages klaxonne. Les flics me font reculer d'un pas. La voiturette me rase les demi-jambes. Mon sari se prend dans une des roues. Je suis entraînée par le mouvement, essaie de résister, mais finis par tourner sur moi-même. Mon sari se déroule comme un rouleau de papier toilette. Je me retrouve en maillot de bain deux pièces. Les flics me regardent, médusés. Je me lance en hurlant à la poursuite de ma dignité en soie sauvage, talonnée par Tanguy et Laverdure, eux-mêmes suivis par Delphine. Il ne manque plus que Benny Hill me coursant en accéléré pour me peloter les fesses.

Un des deux flics me fait un plaquage. Ma joue s'écrase sur le sol glacé de l'aéroport.

— Violation de la loi Évin, me postillonne-t-il dans les cheveux, destruction du matériel, délit de fuite, attentat à la pudeur, ça va vous coûter très cher !

Menottée ? À poil ?! J'espère que personne ne filme avec son iPhone.

*

* *

Je suis assise toute seule dans une salle d'interrogatoire de l'aéroport. Lumière blafarde, murs lépreux, une table, deux chaises, bref, l'endroit idéal pour un thé dansant. Comme je grelottais dans mon sari zébré de traces de pneus, ils m'ont filé une couverture de survie. C'était il y a une heure, et depuis, plus rien.

Qu'est-ce qu'ils jardinent ? Ça va, je n'ai pas planqué de la schnouf dans la semelle de mes Havaianas.

Je me lève et fais les cent pas. Un agent avec un poireau sur le nez entre en traînant une énorme valise.

— C'est bien à vous ? me demande-t-il essoufflé.

— Oui, tout à fait.

Un deuxième agent fait irruption, violacé, en tirant une valise encore plus grosse.

— Celle-là aussi ?

— Euh… Oui, c'est bien possible.

Un troisième agent met un pied dans la pièce et s'agrippe au chambranle de la porte pour tracter ma dernière valise à l'intérieur.

— Hé ! Liz Taylor, vous la reconnaissez aussi, celle-là ? halète-t-il.

— Moui… mais je tiens à dire pour ma défense que je suis partie trois mois ! J'étais jamais allée en Inde, je ne savais pas trop quel temps il allait faire, et sur place, bon, comme je sortais d'une rupture hyper douloureuse, je me suis lâchée. Et puis, quand on va en Inde pour la première fois, c'est un tel choc ! Vous ne pouvez pas savoir ce que j'ai vu dans les rues de Calcutta : des saris en soie pour une poignée de roupies ! Vous vous rendez compte ?! De la roupie de sansonnet, quoi. Hein, ah ah ah…

— Ta gueule.

— Pardon ?

— Ferme-la et ouvre tes bagages.

On se tutoie ? C'est sympa.

— Attendez, messieurs, je suis là pour deux pauvres lattes de cigarette…

— Ouvre !

Je vous préviens, il va y avoir de l'encens sur les murs.

J'ouvre ma première valise à contrecœur (pour la fermer, j'ai dû faire asseoir une vache sacrée dessus). Explosion d'épices et de soieries multicolores. En moins de dix minutes, la pièce sent le poulet tikka et le bouddhisme aux pommes. Les trois mecs soupèsent, inspectent, déplient, reniflent, éternuent.

— C'était un voyage touristique ? me demande l'un d'eux le nez dans mes culottes.

— Non, professionnel. Je suis journaliste. Je suis partie faire un reportage sur un film à Bollywood.

— Tout ce qui est ici, c'est vous qui l'avez mis dans votre valise ?

— Oui, sensiblement.

À ce moment précis, mes yeux se posent sur le gros bouddha en faïence dorée que Stéphane m'a offert avant de partir. Mon système de sudation se met à tourner à plein régime. Stéphane, c'est un Français assistant déco que j'ai rencontré sur le tournage. On a partagé, entre autres, la même langue pendant un mois. Après ma rupture avec Martin, c'était exactement ce dont j'avais besoin : un chien fou, fan de taï-chi et baisant comme un dieu. Le compagnon idéal… une fois dépassées son immaturité pathologique et sa fâcheuse tendance à fumer la moquette.

Mes yeux injectés de sang et l'écume à la commissure de mes lèvres n'ont pas échappé à Hercule Poireau, qui saisit le bouddha et le secoue près de son oreille. Il y a manifestement quelque chose à l'intérieur. J'ai maintenant des trente-trois tours sous les aisselles. Il suffirait que je lève les bras pour leur jouer la musique de *Midnight Express*. Le mec lance le bouddha par terre. Il éclate en mille morceaux.

*

* *

— Non ?! Et il y avait quoi dedans ?! s'écrie Delphine en doublant un camion.

— Rien. Enfin si, trop mignon, les bonbons à la cardamome qu'on avait découverts ensemble au marché de Bombay.

— La piñata de l'amour, quoi.

— Oui, enfin, de l'amour, de l'amour, ne t'emballe pas. Je te rappelle qu'on parle d'un mec qui fume des pétards au petit déj et qui fait Dark Vador avec un slip sur la tête. C'était parfait en Inde, pour le reste… Il arrive dans une semaine à Paris, on verra ce que ça donne dans la vraie vie.

— Charlotte, quand est-ce que tu vas accepter de regarder la vérité en face des trous ?

Je laisse échapper un petit rire.

— Qu'est-ce qui te fait marrer ?

— Rien, rien…

En matière d'expressions, ma sœur a toujours eu l'art de se mélanger les pinceaux et les serviettes.

— Charlotte, ta vraie vie est avec Martin !

Je coupe court à cette discussion qui sent le linge qu'on a oublié d'étendre. Je me suis justement barrée pour tourner la page, oublier Martin avec qui j'ai passé trois ans. Notre histoire a commencé par un accident dans lequel il a failli perdre ses jambes. Passé la période où j'ai tenu le rôle de l'infirmière, notre relation n'a cessé de se dégrader. De lui, il ne me reste plus que ses mois d'absence à photographier les quatre coins du monde et un manque total de demande en mariage. On s'est quittés en s'aimant toujours, c'est bien ça le plus dur, mais il y a des gens qui ne sont pas faits pour vivre ensemble.

Je sors une cigarette.

— Excuse-moi, je préfère qu'on ne fume pas dans la voiture.

— C'est pas vrai ! C'est une conspiration mondiale ou quoi ?! Deux lattes, s'il te plaît.

— Ça t'a coûté combien d'ailleurs, cette petite plaisanterie dans l'avion ?

Je réponds en soufflant ma première taffe :

— Huit cents euros et une turlute.

— Non !

— Nan… juste une turlute.

— Ah ! tu me rassures.

— Ça caille. C'est quoi ce mois d'avril ?

— Prends la couverture de Doudou dans le Maxi-Cosi… et je te rappelle que tu avais dit deux lattes.

Je soupire, balance ma clope par la fenêtre, attrape la petite couette Babar à l'arrière et m'emmitoufle dedans. Dehors, la nuit vient de tomber. Je sens que mes paupières ne vont pas tarder à suivre le mouvement, mais je résiste :

— Comment va Doudou ?

— Ah lui, très bien, c'est la maman qui a morflé. Je n'arrive pas à perdre les six derniers kilos de ma grossesse. J'ai le bide flasque et les seins qui pendouillent. Quand je m'allonge sur le lit à côté de Vincent, j'ai l'impression d'être une otarie.

— Tu veux que je lui achète un ballon pour que vous jouiez ensemble ?

— Pourquoi pas, si ça pouvait me rendre ma libido.

— Ça va revenir…

— J'espère, parce qu'on a mis la télé dans la chambre, et on sait ce que ça veut dire. Enfin, heureusement, le resto cartonne. J'ai engagé une nouvelle serveuse hyper efficace. Je vais avoir un peu plus de temps pour me reposer, faire du sport et me retrouver… avant que Vincent n'aille voir ailleurs.

— Oh, c'est vraiment pas son genre.

— Ouais, ouais, on dit ça, mais je suis sûre qu'il suffirait qu'une fille s'intéresse à lui d'un peu trop près pour qu'il craque. Enfin… Et toi, ça va, pas trop naze ?

— Si, je n'ai qu'une envie, c'est plonger sous ma couette et faire le tour du cadran.

— Ah… Bon, on passe fissa au resto récupérer un truc et je te dépose chez toi.

*

* *

— SURPRIIIIISE !!!

Les lumières du resto de ma sœur s'allument et les flashes crépitent pour immortaliser ma gueule déconfite. Une soixantaine de visages familiers me sourient sous une banderole de bienvenue. L'explosion d'un bouchon de champagne donne le top départ à tout le monde : ils me sautent dessus et m'étreignent comme si j'étais Ingrid Betancourt. Mon beauf, Vincent, comme à son habitude, filme mon goitre et mes pores dilatés. Bien sûr, ma bande est là au grand complet : Paul, qui a piqué son sous-pull à Boney M. ; Laure qui a chouré son soutif à bonnet F ; et Maya, ma petite *working girl,* qui organise des enterrements de vie de jeune fille. Elle est encore plus mince qu'avant sa grossesse.

The bitch...

En revanche, ce qui a considérablement changé chez elle depuis l'arrivée de son petit Noé, c'est son degré de tolérance au laisser-aller. Avant, elle aurait préféré avoir des poils sur la langue plutôt que de porter une robe froissée. Aujourd'hui, elle ne s'est même pas rendu compte que son pull Zadig & Voltaire était maculé de lait caillé et de compote.

— Qu'est-ce que tu nous as manqué ! miaule Laure en m'écrasant un énorme baiser sur la joue.

Les questions pleuvent comme à Gravelotte :

— T'as pris des cours de danse indienne ?

— Tu t'es baignée dans le Gange ?

— T'as fait l'amour avec un Intouchable ?

Je réponds tous azimuts. Eux aussi, qu'est-ce qu'ils m'ont manqué ! Depuis le lycée, la bande à Malère n'a jamais été séparée si longtemps ni par tant de kilomètres. Je vais à la pêche aux nouvelles :

— Et toi, Maya, comment va la petite famille ?

— Des nuits en dents de scie, enfin… surtout en dents de lait. Mais heureusement François assure l'intérim… parce que tu ne sais pas ? J'ai élargi mon activité, j'organise aussi les mariages, maintenant ! Tu peux te marier chez moi de A à Z !

En passant par le Q, j'espère…

Toujours fidèle au poste, Paul remplit ma coupe. Il s'est laissé pousser la barbe. Très bonne trouvaille, ça masque son menton fuyant et on en oublierait presque sa calvitie.

Il porte un toast :

— Au retour de mon associée, à son article qui va tout défoncer et aux… soixante-quinze mille exemplaires du journal vendus la semaine dernière !

J'hallucine :

— Soixante-quinze mille ! C'est bon, ça ! On va devenir riches !

— Ça tomberait bien, vu le crédit que je viens de me mettre sur le dos.

— Ça y est, vous avez trouvé l'appart ?!

Qui l'eût cru ? Lui qui s'acheminait vers les quarante-ans-toujours-puceau a réussi à dépasser le stade des bégaiements et des rougeurs intempestives, pour accéder à la vie de couple avec sa ravissante interne.

— Où est-elle d'ailleurs, Sandra ?

— De garde, pour changer.

Laure nous rejoint avec une assiette chargée de petits-fours.

J'ai à peine le temps de tendre la main qu'elle a déjà lapé l'assiette. Toujours bon poids, bon œil, Laure a le tour de taille d'une ballerine de Botero. D'une nature insatisfaite, elle n'est jamais rassasiée. Longtemps, elle a travaillé son mec au corps jusqu'à ce qu'il l'épouse. La nuit de noces à peine consommée, elle s'est mise à le harceler pour avoir un gamin. Vu qu'elle boit de l'alcool, l'affaire semble toujours en cours.

Si je fais un petit bilan de rentrée : Paul s'installe, Laure est mariée, Maya est maman et Delphine pouponne son deuxième enfant, alors que moi, je récupère l'appartement où j'habitais avant de vivre avec Martin. C'était l'époque où j'écrivais pour la rubrique des stars écrasées du magazine *Cinérama*. Depuis, j'ai monté mon propre journal avec Paul, d'accord, mais pour tout le reste, ils progressent tous pendant que je régresse.

Et m'engraisse...

— Bonsoir, chérie !

C'est drôle, on dirait la voix de ma mère.

Je me retourne.

Ah, moins drôle : c'est elle.

— Mamaaaan... Quelle bonne surpriiiiiiise...

Ma mère ravale un sanglot et se blottit dans mes bras comme une pauvre petite chose.

Je parle rarement de ma mère parce que... comment dire ? C'est une source vive d'angoisse. Elle est maniaco-dépressive. J'ai tout essayé : lui remonter le moral comme les bretelles, rien ne marche. Mon père l'a quittée il y a dix ans parce qu'il ne supportait plus de la voir hurler de rire à un cocktail et menacer de se pendre en rentrant. Depuis, il tient des chambres d'hôte dans le Poitou et ne revient à Paris qu'une fois par an, pour le Salon de l'hôtellerie. Le reste du temps, c'est nous qui descendons le voir. Pendant longtemps, ma mère y allait en cachette (ils n'ont jamais voulu divorcer. Pourquoi ? Trop compliqué ? Trop radical ? J'ai arrêté d'essayer de comprendre à ma troisième année de psychothérapie), mais depuis que papa a rencontré Babette, une petite Poitevine sans histoire, maman ne veut plus entendre parler de lui.

Bon, là, si j'en juge par ses racines grises de trois centimètres qui correspondent pile-poil à mes trois mois d'absence, on est plutôt du côté obscur de la force.

— Tu vas bien, ma chérie ? Il ne t'est rien arrivé ? Je me suis inquiétée, tu sais.

— Je sais, maman, mais tout s'est très bien passé. Et toi, tu as… plutôt bonne mine.

— Ah bon, tu trouves ? Pourtant, ça ne va pas fort…

On vient à peine de me relâcher et ma mère voudrait déjà me reprendre en otage.

Delphine me libère en entraînant maman vers une table où elle lui a posé son infusion à la sauge. Je n'ai plus qu'une envie : transformer mon sari en burqa pour filer incognito. Je continue à donner le change, mais je n'ai plus beaucoup de monnaie. Je suis très touchée par cette petite sauterie, seulement je pourrais m'endormir la tête sur la sono. Je fais un tour d'horizon pour m'assurer que j'ai bien vu tout le monde, et là, au bar, mon regard croise celui de Martin. Mon cœur fait un salto arrière. Il me fixe de ses yeux noisette à faire fondre une tablette de chocolat. Delphine repasse à ce moment-là. Je lui plante mes griffes dans le bras.

— Qu'est-ce qu'il fout là, Martin ?

— Martin ? Où ça ?

— Delphine, arrête de faire la conne !

— C'est toi qui fais la conne ! Il m'a appelée pour avoir de tes nouvelles. Je lui ai dit que tu rentrais aujourd'hui, et il a insisté pour venir ! Ça vaut peut-être le coup de lui parler, non ?

— Non.

— Pourquoi ? Tu as peur de recraquer ?

— Pas du tout.

— Alors ?

— Alors rien… C'est que… Oh ! et puis merde !

Même pas peur !

Je redresse la tête, toise Delphine et rejoins Martin avec les tripes qui dansent le charleston.

— Salut.

— Salut… Je… je te trouve très en beauté.

— Merci. En revanche, toi, tu as l'air crevé. Toujours entre deux vols ?

— Non, je me pose un peu.

— Et tu n'aurais pas pu te poser ailleurs ?

— Il fallait que je te voie…

— Précisément ce soir, alors que je n'ai pas de nouvelles de toi depuis six mois ?

— J'ai pas arrêté de penser à toi, j'ai hésité à t'appeler, j'ai essayé de t'écrire quinze mille fois…

— Juridiquement, ça n'a aucun poids. Merci d'être venu, merci de repartir.

Delphine ne perd pas une miette de notre conversation. Sentant la mauvaise tournure que prennent nos retrouvailles, elle me lance, très enjouée :

— Hé, ma Cha ! Tu ne veux pas aller chercher une caisse de champagne ? On n'a plus rien à se mettre sous la glotte.

— Avec plaisir.

Je prends congé de Martin, traverse la fête et m'engage dans l'escalier qui descend à la cave. J'entends des pas derrière moi. Je me retourne. Martin est là. Avec un petit sourire gêné, il me propose un coup de main.

— Merci, mais j'ai appris à me débrouiller toute seule. C'est l'avantage d'avoir eu un mec absent.

— Laisse-moi t'aider, t'es crevée. On remonte cette caisse, et après, je disparais.

Je hausse les épaules, descends, ouvre la porte et entre dans la cave. Martin me suit. J'allume, tandis que le battant se referme. L'ampoule nue éclaire faiblement les rayonnages de bouteilles. Un froid humide me donne la chair de poule. Je vais chercher une caisse au fond, la soulève dans un craquement de vertèbres et la file à Martin sans dire un mot. Il me laisse passer devant pour lui ouvrir la porte. Je m'exécute, mais actionne la poignée dans le vide.

La cave se rebiffe…

J'ai beau tirer la chevillette, la bobinette ne choit pas, mais alors pas du tout ! Martin pose la caisse et essaie de forcer, sans succès. On se regarde, éberlués, puis on se met à gueuler et tambouriner comme des réfugiés politiques à la porte d'une ambassade.

Malheureusement, en haut, Shakira est *loca*, *loca* pendant que nous, on est *loquet locké* en bas. On dégaine nos portables exactement en même temps, pas de réseau. Le sort s'acharne. On finit par se résigner. S'ils ne répondent pas à nos appels, ils finiront bien par répondre à celui de leur gosier. Je retourne une grosse caisse en plastique et m'assieds dessus en soupirant.

— Vois le bon côté des choses, relativise Martin, on pourrait être dans une chambre froide.

— Ou dans une chambre tout court.

Martin encaisse.

— En tout cas, une chose est sûre, dit-il en regardant les bouteilles, on ne mourra pas de soif.

— De soif, non, mais d'ennui, c'est possible.

Je me drape dans mon sari en frissonnant. Il enlève sa veste et me la tend. Je détourne la tête :

— Non merci, je crève de chaud.

Martin lève les yeux au ciel, amusé. J'ai moi-même du mal à contenir un sourire. Il me la pose sur les épaules. La fierté s'arrête là où commence la pneumonie. J'enfile précipitamment les manches de sa veste.

— Bon ! lance Martin. Pour se réchauffer, qu'est-ce qu'on s'ouvre ?

— Les veines ?

— Arrête, Charlotte… Champagne ?

Il attrape une bouteille, ajuste des manchettes imaginaires et me présente l'étiquette.

— Madame…

— Mademoiselle.

Il est pourtant bien placé pour le savoir…

Sans sourciller, il déballe le bouchon et continue à s'agiter comme un idiot pour me faire sourire. Il y a, dans sa façon de se débattre pour me séduire, quelque chose d'extrêmement touchant. Après tous ses salamalecs, il fait enfin sauter le bouchon, qui explose l'ampoule et nous plonge dans le noir.

Bien joué, Callaghan.

— Tu me diras combien je te dois pour le dîner spectacle.

— Quel con ! Ça va ? T'as rien ?

— Non, mais le champagne, je l'aurais préféré dans un verre plutôt que sur les genoux.

— Merde, désolé, mon cœur… enfin, mon… euh… Charlotte.

Je sors mon iPhone, excédée.

— Bon, ça va durer combien de temps, cette mascarade ?

J'active l'application « lampe torche » et en profite pour regarder l'heure. Martin me tend la bouteille, tout penaud. Pendant que je m'envoie une rasade, il retourne une deuxième caisse en plastique et s'assied à côté de moi. On picole en silence jusqu'à ce que la sonnerie de mon téléphone nous fasse sursauter. Martin regarde son portable, étonné.

— Tu captes, là ?

— Non, c'est l'alarme pour ma pilule.

— À 1 heure du matin ?

— Je suis obligée de rester à l'heure indienne jusqu'à la fin de la plaquette. Faut pas déconner avec ça.

— Ouais, je sais.

— Bien sûr… tu sais.

— J'y pense tout le temps.

— Je n'ai pas envie d'en reparler.

— S'il te plaît, Charlotte, tu sais bien que j'ai toujours eu du mal à trouver mes mots…

— Ah ! ça, c'est sûr, me balancer le jour de ma fausse couche : « Ce n'est peut-être pas plus mal… »

— J'ai été maladroit, si tu savais comme je regrette cette putain de phrase, mais j'ai sorti ça pour dédramatiser, comme j'aurais pu te dire, je ne sais pas moi, que…

— Que quoi ? Que ce n'était pas le bon moment ? Que tu ne te sentais pas prêt ? Que je t'avais mis la pression pour garder le bébé ? Je te rappelle que cette décision, on l'a prise à deux !

Il se lève, ulcéré.

— Est-ce que je t'ai dit le contraire ? Non ! Tu as fait une fausse couche. Je ne t'ai pas demandé d'avorter, ne mélange pas tout. Tu crois que ça n'a pas été dur, pour moi aussi ?

— Pas tant que ça, vu que tu es reparti au Mexique peu de temps après.

— C'était plus possible entre nous, on n'arrêtait pas de s'engueuler, il fallait qu'on prenne un peu de distance.

Je bondis à mon tour.

— De distance ? Alors que j'avais tellement besoin de toi ? Je t'avais prévenu Martin : si tu faisais tes bagages, c'était pas la peine de revenir. Tu as fait tes bagages, alors pourquoi t'es là, ce soir ?

— Parce que je t'aime encore.

La porte de la cave s'ouvre. On se retourne tous les deux en plissant les yeux comme des mineurs chiliens. Mon beauf apparaît dans l'embrasure.

— Ah, vous êtes là ! Pardon, je venais chercher du champagne.

Je rends sa veste à Martin et sors de la cave. La clé dans la serrure extérieure confirme mes soupçons. Je remonte les marches quatre à quatre et fonds sur ma sœur :

— Tu vas me le payer très cher.

Je n'attends même pas sa réaction. Les yeux rivés au sol, je traverse la salle pour aller fumer une clope dans la rue. Je donnerais n'importe quoi pour ne pas être aussi troublée… Martin me rejoint.

— Je peux te taxer ?

— Me taxer de quoi ? De froideur ? De rigidité ?

— Non, d'une cigarette. C'est dingue, je ne peux plus rien te dire.

C'est vrai, c'est atroce : j'ai des crapauds qui me sortent de la bouche sans le vouloir, mais j'ai tellement peur de baisser la garde et de morfler à nouveau. J'essaie de me rattraper en lui filant une clope *made in India* qui sent le pneu et le poil de zébu. Il ne va pas être déçu du voyage. Delphine, cette traîtresse, cette Javotte, cette Anastasie, nous épie à travers la vitre. Je la maudis sur quatre générations. Un plateau à la main, sa nouvelle serveuse pousse la porte d'un coup de reins. Elle nous propose une coupe et en profite pour demander à Martin de récupérer le petit bout de papier dans la poche arrière de son jean… taille basse… string apparent.

— Je t'ai tout écrit, minaude-t-elle. Mon adresse, mon numéro…

Elle pointe sur moi ses petits seins espiègles, tandis que Martin prend le papier dans sa poche. Elle gonfle alors sa bouche de mérou :

— C'est énorme, il va me montrer comment utiliser l'appareil photo que mon père vient de m'offrir.

Mon visage se fige comme si elle venait de m'injecter du Botox. Elle pivote vers Martin et me fouette le visage avec sa permanente.

— Je travaille toute la semaine, mais samedi, je suis tout à toi.

— Désolé, je suis pris samedi. Dimanche, ça t'irait ?

— Super !

Lolita reprend son service. J'applaudis la prestation :

— Bravo Remarque, tu fais bien de rentabiliser ta soirée.

— Arrête, Charlotte, tu es ridicule, je m'en tape de cette fille.

— Pourquoi tu lui as proposé de lui montrer ton gros zoom alors ?

— Tu es jalouse ?

— Je suis surtout crevée, je vais y aller.

Il me rattrape par le bras.

— Samedi, c'est le vernissage de mon expo sur l'ONG au Mexique.

Il sort un carton de sa poche et me le donne.

— Ça me ferait très plaisir que tu viennes.

Je survole les infos avec un air résolument détaché.

— Ouh là ! Mais attends… Samedi ? Dans huit jours ! Tu seras encore là ? Dis donc, tu te sédentarises !

— Charlotte…

— Ah, mais tu fais ce que tu veux ! Tu pars, tu restes, tu peux même inviter Lolita à ton vernissage, ça m'est égal. D'ailleurs, elle est libre samedi. Ne t'inquiète pas pour moi, je vais très bien. Figure-toi que j'ai rencontré quelqu'un en Inde.

Martin vacille.

Je viens de larguer la bombe d'Hiroshima-mon-amour.

— Quelqu'un… mais, c'est sérieux ?

— Sérieux, on verra bien. En tout cas, il ne peut pas vivre sans moi, alors que toi, par exemple, tu repars quand ?

Martin baisse les yeux.

— Dans un mois.

— Où ça ?

— Je retourne au Mexique.

— Pour combien de temps ?

— … Trois mois.

— Comment oses-tu débarquer ce soir, t'excuser, essayer de me récupérer, alors qu'en fait rien n'a changé ? Tu vois, le mec dont je te parle, il rentre à Paris parce qu'il est complètement accro. Moi aussi, d'ailleurs. Il est canon, drôle et prêt à s'engager, un adulte, quoi !

Martin prend chaque phrase comme un coup de poing.

— Et il rentre quand exactement, *ton mec* ? lâche-t-il.

— Samedi, justement. Donc tu vois, pour ton vernissage…

— Vous n'avez qu'à venir tous les deux. Je serais curieux de le rencontrer, ton Mister Perfect.

— Euh… oui, pourquoi pas ? Faut voir…

— Il s'appelle comment ?

— Stéphane.

— Stéphane comment ?

Il me teste ou quoi ?

— Stéphane comment ? Je vais te le dire… C'est très simple…

Comment il s'appelle déjà, ce con ?

— Dis donc, pour une fille amoureuse… relève Martin.

— AUFFRAY !

— Attends, ton mec s'appelle Stéphane Auffray ?!

— Oui, pourquoi, tu le connais ?

Merde !

— Non, mais ça ne s'invente pas.

— Normal, je ne l'ai pas inventé !

— J'en doute pas, j'espère seulement qu'il n'a pas l'intention de t'épouser.

— T'es jaloux ?

— C'est pas le problème.

— C'est quoi le problème ?

— Tu t'appellerais Charlotte Auffray.

— Et alors ?

— On n'est pas loin de Charlotte aux fraises. Je trouve ça drôle, c'est tout.

— Ah, tu trouves ça drôle ? Alors, tu sais ce qu'on va faire ? On va venir tous les deux à ton vernissage, et tu viendras à notre mariage, hein… Rira bien qui rira le dernier !

— Votre mariage ?!

— Oui, pourquoi, tu trouves ça trop rapide ? Mais Martin, quand on sait ce qu'on veut, ça peut aller très vite.

— Qu'est-ce qui peut aller très vite, ma chérie ? demande ma mère en collant sa tête dans mon cou.

Je sursaute. Je ne l'avais pas vue venir.

— Euh… rien, maman.

— Rien ?! ironise Martin. Vous n'êtes pas au courant de la grande nouvelle ? Votre fille va se marier ! Félicitations, Annie !

Ma mère devient hystérique.

— Oh ! Martin, articule-t-elle, je suis tellement contente pour vous deux.

— Non, non, pas avec moi, avec un certain Stéphane Auffray.

— Ah bon ?

Tête de dindon de ma mère qui ne comprend pas. J'agrippe le bras de Martin :

— Arrête !

— Quoi, Charlotte, ricane-t-il, c'est pas vrai ?

— Non, enfin… on en parle… Mais maman, surtout, ne t'emballe p…

Ma mère ne nous écoute plus. Elle se précipite dans le restaurant où la nouvelle de mon mariage se propage comme un feu de pinède. Mes potes accourent en bande Velcro et ne me lâchent plus. Delphine me regarde, éberluée. Je suis harcelée de questions. Sous le regard pesant de Martin, j'élude, j'invente, j'embellis, je me dégoûte. Je me rends compte que je suis totalement dépassée par les événements au moment où tout le monde se met à faire la chenille.

On sonne à la porte. Et comme à chaque fois que je n'attends personne, je crains le pire. J'ouvre.

— Mamaaan !

Les bras chargés, ma mère m'imprime une marque de rouge à lèvres sur chaque joue, me bouscule et va s'échouer sur le canapé du salon.

— Je suis éreintée, hennit-elle joyeusement en secouant son brushing des grands jours, je n'ai pas arrêté de la matinée. Assieds-toi, ma chérie, j'ai hâte de te montrer ce que j'ai trouvé.

Méfiante, je pose une fesse à côté d'elle. Elle plonge la main dans un de ses sacs et en ressort un paquet de feuilles cartonnées.

— J'ai fait une étude comparative, se lance-t-elle avec gourmandise. En ce moment, la grande mode, c'est le calque, mais crois-moi, il n'y a pas plus élégant que le vélin d'Arches.

— Pour ?

— Formidable, j'étais sûre que tu serais pour ! Maintenant, j'ai été très séduite par les initiales en gaufrage…

— Maman, qu'est-ce que tu racontes ?

— D'accord, on oublie les initiales. Partons sur un faire-part très simple…

— Un faire-part ?!

— Oui, ma chérie, il faut penser à un faire-part et sans tarder, parce que je suis passée au Chalet des Îles ce matin – tu sais, cet endroit magique au milieu d'un des lacs du bois de Boulogne…

Je blêmis.

— Mam…

— J'hésitais avec la Guinguette de Neuilly, mais là, j'ai eu le coup de cœur ! Il faut emprunter un petit bateau pour y aller, c'est tellement bucolique !

— Maman, c'est pas possible, ce mariage…

— … va être féerique ! Ne t'inquiète pas du prix, ça me fait tellement plaisir. Depuis hier, je revis ! De toute façon, c'est trop tard. Pour ne rien te cacher, j'ai déjà versé des arrhes.

Je m'éjecte du canapé comme si elle venait de me mettre un coup de Taser et la fixe, outrée.

— Il fallait se décider très vite, argumente-t-elle. Il ne leur restait plus que le 21 juin de libre. J'ai craqué.

— Exactement : tu as complètement craqué, maman ! Je ne t'ai rien demandé ! C'est toujours pareil avec toi ! Tu es là à t'immiscer dans ma vie et dans celle de Delphine. Regarde-nous ! On n'est plus des gamines !

Ma mère a une montée de larmes.

— Charlotte, qu'est-ce qui te prend ?

— J'en ai marre, tu m'entends ?! MARRE ! Sous prétexte d'être fragile, tu prends toute la place ! Tu m'as donné la vie, d'accord, mais ça ne te donne pas le droit de me la pourrir jusqu'à la fin de mes jours ! À partir d'aujourd'hui, tu me coupes ce cordon et tu me laisses gérer mes affaires ! C'est à moi d'organiser mon mariage comme je veux, où je veux, quand je veux et avec qui je veux !

Qu'est-ce que je raconte ? Quel mariage ?

Ma mère enfouit son visage dans ses mains. Je ne me laisse plus attendrir. Toute mon enfance, je l'ai vue se morfondre parce qu'il pleuvait ou parce qu'il manquait du sel dans la purée. Je continue donc à m'époumoner, à tel point que je me demande si c'est contre ma mère ou contre moi-même. Qu'est-ce qui m'a pris d'inventer ce mariage en carton ?

— Bon, maman, regarde-moi, s'il te plaît, faut que je t'avoue quelque chose.

Non seulement ma mère ne me regarde pas, mais elle se met à sangloter derrière ses grosses bagues. Je soupire et me rassieds à côté d'elle.

— Excuse-moi de crier comme ça, mais… tu vois toujours ton psy ?

Ma mère relève la tête.

— J'ai un cancer, Charlotte.

Je la dévisage en refusant de comprendre.

— J'ai un cancer du sein.

— Quoi ? Mais… mais c'est pas vrai… C'est… c'est pas possible.

— J'ai reçu les résultats de la biopsie il y a un mois.

— Un mois ?! Et tu ne m'as rien dit ?

— Avec ta sœur, on a décidé d'attendre ton retour

— Delphine est au courant ?

— Je lui ai demandé d'attendre ton retour pour t'en parler.

— Mon retour ? Mais enfin, maman… Et qu'est-ce qu'ils disent… les médecins ? C'est… c'est très avancé ? Tu as commencé les traitements ? Tu…

— La tumeur mesure plus de trois centimètres. Il faudrait que je fasse des séances de chimiothérapie pour qu'elle réduise et qu'ils puissent l'opérer, mais tu sais, moi, la médecine…

— Oui, mais là, tu dois te soigner ! Fini tes conneries d'homéopathie. Il faut que tu te battes, maman ! On a besoin de toi. J'ai besoin de toi !

— La preuve que non, souligne ma mère tristement en remettant les faire-part dans son sac.

— Mais non, mais toute cette histoire de mariage…

— … ne me concerne pas. Tu as raison, trésor, concède-t-elle en s'essuyant les joues, c'est ta vie. J'avais besoin de me rendre utile, mais ce n'est pas à toi de me donner une raison de vivre.

Je secoue la tête comme une enfant.

— Maman, tu ne peux pas me dire ça.

— Excuse-moi. Je ne veux surtout pas être un poids. Je vais tout annuler. Ton mariage ne me regarde pas.

— Arrête, bien sûr que si, ça te regarde, d'ailleurs… Euh… c'est une très bonne idée, le Chalet des Îles.

Le visage de ma mère reprend des couleurs.

— Tu trouves ?

— Oui… oui, mais ça ne change rien.

— Pourquoi ?

— Parce que… Euh… on en a parlé avec Stéphane, mais on n'a pas encore fixé de date. Le 21 juin, c'est dans à peine trois mois, c'est beaucoup trop court.

— Mais non, si on s'y met tous, on n'a pas besoin de plus. Et tant que j'y pense, je me suis dit que je pourrais demander au père Auberger de vous marier.

— Ah non, ça non ! Pas d'église !

— D'accord, d'accord, s'excuse maman en ressortant subrepticement les faire-part. Dis-moi, chérie, Auffray, ça prend un « F » ou deux ?

— … Deux.

Comme dans « j'étouffe ».

*

* *

— T'as dîné ? me demande Delphine en refermant la porte derrière moi.

— J'ai pas faim. Je ne vous dérange pas ?

— Non, les enfants sont couchés et Vincent est au resto. T'es sûre que tu ne veux pas grignoter quelque chose ? J'ai un reste de coq au vin.

— Je peux juste prendre le vin ?

En descendant tout schuss une bouteille de gamay, on parle longuement du cancer de maman. Dire qu'avant mon départ en Inde, on levait les yeux au ciel à la simple évocation de sa sensiblerie… Aujourd'hui, c'est presque devenu supermaman. On se remémore ses excès qui, malgré tout, nous ont fait une enfance peu ordinaire. Par exemple : c'est la seule mère qui, pour nous réchauffer dans le parc des Buttes-Chaumont, a fait un grand feu de joie. L'alcool aidant, on se bidonne en se rappelant le début d'incendie, l'arrivée des pompiers et la journée qui a fini au poste. Je surenchéris, hilare :

— Mais tu sais que sa folie n'a pas pris une ride. Ce matin, elle a débarqué chez moi avec des faire-part en « vélin d'Arches » !

— En quoi ? se marre Delphine.

— En « vélin d'Arches » ! Et ce n'est pas tout ! Elle a aussi réservé la salle !

Delphine se tient les côtes, à tel point qu'elle tombe du canapé. Elle se redresse péniblement.

— Que c'est bon de rire ! Un mois que je gère la situation toute seule. Ça fait un bien fou de le partager avec toi. En tout cas, je n'ai jamais vu maman aussi radieuse. On peut dire que ton mariage tombe à point ! Ce que je n'arrive pas à m'expliquer, c'est que dans la voiture, tu m'as décrit Stéphane comme un ado attardé plutôt que comme un homme à marier.

C'est le moment ou jamais de lâcher la grosse Bertha. Je prends une grande inspiration et lui explique dans quel pétrin je me suis fourré les miches. À mesure que je lui fais le grand déballage, sa mâchoire se décroche.

Silence.

Delphine prend une grande inspiration :

— Bon, récapitulons : tu as annoncé ton mariage avec Stéphane à tout le monde pour…

— … rendre jaloux Martin. Je sais, c'est puéril.

— OK, et tu n'as rien dit à maman tout à l'heure parce que…

— … mon mariage a l'air d'être la seule solution pour qu'elle accepte de faire une chimio.

— Elle t'a dit ça ?!

— Disons qu'elle me l'a fait comprendre.

— Je ne vais pas appeler un chat par quatre chemins : t'es mal.

— *On* est mal. Maintenant que tu es dans la confidence, on est dans la même galère.

On cherche alors une autre façon de convaincre maman de se faire soigner… enfin, Delphine cherche, et moi, je me mange l'intérieur des joues. La conclusion est sans appel : mon mariage semble être la seule paille pour respirer dans cette bouillasse. Je me rends à l'évidence :

— Je dois retrousser mes manches – et ma jupe –, choper Stéphane dès qu'il arrivera à Paris et, par un stratagème qui ne peut naître que de mon cerveau malade, le persuader de m'épouser. Après tout, un couple sur deux divorce à Paris, on ne va pas faire jurisprudence.

— C'est absurde ! Tu ne vas pas te marier avec un mec que tu n'aimes pas !

— J'ai le choix peut-être ?

— Et Martin ?

— Martin, je ne veux plus en entendre parler.

Delphine n'arrive pas à se résigner.

— Attends, maman vient d'être à nouveau grand-mère. Je ne peux pas croire que ton mariage soit sa seule raison de vivre. Merci pour nous ! Je vais aller la voir, lui dire que ce mariage est annulé parce qu'il t'a larguée comme une bouse et lui rappeler qu'on a tous besoin d'elle. Crois-moi, je vais te régler ça en trois coups de cuillère à petits pots.

Je lui tapote la main :

— C'est ça, bonne chance ! Tu ne m'en voudras pas si j'appelle quand même Stéphane.

Delphine vide le fond de la bouteille dans mon verre et relève, gênée :

— Ah ! Mariée dans l'année…

*

* *

Je me cale dans mon canapé et appuie au hasard sur le clavier de mon ordi. L'image de Stéphane apparaît enfin : torse nu, pantalon thaïlandais, tatouages maoris, c'est bien lui.

— Ça y est, je te vois…

I believe I can fly, I believe I can touch the Skype!

— … Il est quelle heure chez toi ?

Stéphane s'allume un pétard et regarde le coin de son ordinateur.

— 22 h 30. Et toi, quel temps il fait à Paris ?

— On se pèle le cul.

— On ne dirait pas. T'as pas honte de me mettre tes seins sous le nez alors que je ne peux pas te toucher ?

J'ai peut-être un peu forcé sur le rouge à lèvres et le décolleté-gorge-profonde, on est à la limite du téléphone rose, mais il faut bien lui donner envie de rentrer au pays. Je demande des nouvelles des uns et des autres. On se remémore nos dîners au lassi et nos soirées lascives, bref on discu-boit, on discu-fume jusqu'à ce que je trouve une brèche entre deux lattes.

— Tu reviens toujours samedi ?

— J'ai pas encore pris mon billet, mais *a priori* oui, dans ces eaux-là. Toi qui te la jouais si détachée, qu'est-ce qui se passe ? Je te manque, Sunshine ?

— Euh, oui, on pourrait dire ça. En fait, samedi, je suis invitée à un vernissage et j'aimerais vraiment que tu viennes.

Il se penche pour choper un cendrier. Ses abdominaux se contractent. Être si bien foutu devrait être interdit par la fédé.

— Un vernissage de quoi ?

— De photos de reportage.

— C'est pas trop ma came, mais faut voir. Euh… j'dois te laisser, là.

— Attends deux secondes, on vient à peine de…

Je vois passer derrière lui une Indienne juste habillée d'un bindi entre les yeux.

— Steph… c'est qui cette fille ?

— Quelle fille ?

— La meuf à poil qui vient de passer en nage indienne derrière toi.

— Ah ! Tu veux dire Amita !

— Amita ? Et t'*Amita* langue ou pas ?

— Arrête, tu vas pas être jalouse !

— C'est sûr que ça ferait vulgaire !

— Attends, c'est toi qui voulais que ça reste léger entre nous.

— C'est mon problème ça : je ne suis pas toujours de mon avis. Allez, oublie tout ce que je viens de dire et surtout ne me rappelle pas. Ciao !

Et là, répondant à l'instinct féminin qui associe instantanément l'infidélité à la rupture, je me déconnecte. C'est un peu radical comme réaction, je l'admets, mais avant Martin, j'ai perdu trois ans de ma vie avec un homme marié, donc pour l'infidélité, j'ai un terrain allergique… Non, j'ai bien fait de me déconnecter.

Dans la famille Je-me-tire-une-balle-dans-le-pied, je demande la fille.

En un clic, l'espoir de trouver un mari s'est envolé… Je vais dans ma chambre enfiler un gros pull avant d'attraper une angine de poitrine (poitrine qui, soit dit en passant, ne s'est pas montrée à la hauteur de mes espérances). Tant pis, samedi, je remplacerai le vernissage de Martin par celui de mes doigts de pied devant un bon film. Ce sera beaucoup plus constructif. *Exit* Martin et Stéphane ! Quant à la menace de mariage, Delphine va s'occuper de maman, bref, je vais enfin pouvoir respirer.

*
* *

— T'es obligée de te marier, m'assène Delphine alors que je suis encore debout sur son palier.

J'entre, complètement sonnée.

— Qu'est-ce qui s'est passé ?

— Je n'ai pas eu le cœur de flinguer sa joie de vivre.

— T'as merdé, quoi.

— Dans les grandes largeurs. J'ai tout essayé, impossible d'en placer une. Tu sais, elle se débrouille bien, ça va être un beau mariage. Si tu voyais les tenues Bonpoint qu'elle a trouvées pour les enfants d'honneur. J'ai hâte de voir Doudou…

— Delphine !

— Quoi ?

— JE N'AI PAS DE MARI !

— Chut ! Tu vas réveiller les enfants, et puis si, tu as Stéphane.

— J'avais. Je l'ai quitté.

— Quoi ? C'est pas vrai, tu le fais exprès !

— J'ai over-réagis, je te l'accorde, mais il m'a déjà remplacée, ce petit merdeux. C'est plus la peine de chercher de ce côté-là. La piste n'est plus cyclable.

Ni recyclable.

Je murmure :

— Il n'y a pas une toute petite chance pour que maman…

— Aucune.

— Génial.

Delphine réfléchit. Tout à coup, elle traverse le salon et ouvre son ordinateur.

— Je peux savoir ce que tu fais, Delph ?

— Maman s'attend à ce que tu épouses un Stéphane Auffray, alors on va t'en trouver un.

— Tu sais que ça ne pousse pas dans le frigidaire ?

— Je sais, mais j'ai une idée derrière la tête.

— Je préférerais qu'elle soit dedans.

Delphine fait craquer ses doigts comme si elle s'apprêtait à infiltrer les dossiers du Pentagone. Intriguée, je m'assieds à côté d'elle. Elle tape « Stéphane Auffray » dans Facebook. Six profils différents apparaissent. Six ?! Je me retiens de lui rouler une pelle. À mesure qu'elle clique sur les photos, je déchante. Le seul qui ne soit pas adolescent, grabataire ou transsexuel habite en Australie. Retour à la case départ.

L'ordinateur de Delphine bipe et l'icône de sa messagerie se met à sautiller dans la barre d'outils. Elle baisse l'écran comme une gamine prise en faute et me lance :

— Tu veux un carré de chocolat ?

Je la regarde, suspicieuse :

— C'était quoi, ça ?

— Quoi, ça ?

— Le message, là, qui clignote comme la culpabilité sur ton visage… NON ! Ne me dis pas que tu as un amant !

— Un amant ! Ne dis pas de connerie, qui voudrait de la mère Dodue ?

Sentant bien qu'elle va devoir passer à table, elle rouvre son ordi en soupirant et m'explique que le message vient de Vincent, son mari, mais que, malheureusement, il ne lui est pas adressé.

Ouh là ! J'ai besoin d'un update !

— C'est-à-dire ?

— Je t'ai dit qu'en ce moment avec lui, c'était pas… enfin…

— Quoi, la rumba du calcif ? Oui, mais ça arrive à tous les couples d'avoir des hauts… et de garder le bas.

— Peut-être, sauf que là, je n'ai plus du tout envie de lui. Je l'ai tellement repoussé qu'il n'ose plus venir vers moi. Du coup, tu le verrais au resto, ce n'est plus le même homme. Il est à l'affût d'une porte à tenir, d'une chaise à tirer. Dès qu'une femme entre, il dresse les oreilles et se met en arrêt comme un chien de chasse. J'ai même jeté une addition sur laquelle une cliente lui avait écrit son numéro ! Et il éteint son portable quand il rentre à la maison. Tu trouves ça normal ?

— C'est pour être tranquille avec vous.

— Ouais, c'est ce qu'il dit.

— Arrête ta parano, je suis sûre qu'il ne te trompe pas.

— Charlotte, il s'est mis à courir le mercredi matin alors qu'il a toujours détesté ça. Un homme qui prend soin de lui, on sait ce que ça veut dire. En plus, il ne sent même pas la transpiration en rentrant. C'est tellement louche que j'ai pensé à engager un détective privé.

Atterrée, je secoue la tête à m'en faire tomber les pellicules.

— Mais quel rapport avec le message qu'il vient d'envoyer ?

La réponse de Delphine m'achève. Rongée par le doute, elle a inventé sur Facebook le profil d'une certaine Léa75. Ses passions, ses goûts, ses amis accumulés en quelques semaines… Elle a même poussé le vice jusqu'à mettre la photo d'une mannequin chopée dans un magazine italien. Quand le profil a été plus vrai que nature, elle a contacté Vincent pour tester sa fidélité. Je la dévisage, hébétée.

— C'est complètement con !

— Venant d'une experte, ça me touche. Il faut croire que tu déteins sur moi.

— C'est ma faute, maintenant ? De toute façon, Vincent ne marchera jamais.

— Il marche déjà, il court même ! Ils chattent comme des ados et la tension érotique monte à chaque message. Je ne veux pas vendre la charrue avant d'avoir tué les bœufs, mais si ça continue, je sens que…

On entend un cliquetis dans la porte d'entrée. Delphine se déconnecte de Facebook, rabat le capot de l'ordi et pose un doigt sur sa bouche. Une bouteille de bordeaux est ouverte sur la table. Je me sers un verre de vin pour me donner une contenance (douze centilitres). Vincent entre dans le salon en déboutonnant son duffle-coat.

— Bonsoir, les filles, ça va ? Vous êtes bien silencieuses !

— On parlait de maman.

— Je suis désolé, soupire-t-il en me prenant dans ses bras. C'est un cancer qui se soigne très bien, tu sais.

Je hoche la tête. Il me caresse le dos avec une tendresse toute fraternelle, puis va embrasser Delphine.

— Doudou n'a pas eu trop de mal à s'endormir ce soir ?

— Non, non, ç'a été.

— Super. Bon, je vous laisse entre sœurs. Je peux prendre l'ordi ?

En lui tendant le MacBook, Delphine me lance un regard entendu.

C'est impossible que mon beauf trompe ma sœur. C'est le couple le mieux assorti que je connaisse. Ce Malabar bigoût peut pas partir en sucette. Ces suspicions m'ont empêchée de dormir et pourtant, avec Delphine, je m'étais mis une race pour tomber comme une masse. Elle affabule totalement. C'est i-nen-vi-sageable pour mon équilibre (pour le sien aussi, c'est sûr). Toute la nuit, j'ai gambergé à m'en faire fumer les synapses. Je dois découvrir après quoi il court tous les mercredis. C'est décidé : la semaine prochaine, je le prends en filature… *et pas en grippe, j'espère.*

N'ayant pas fait de jogging depuis 1983, j'ai ressorti de mon placard les Reebok montantes, le caleçon long imprimé nounours et mon tee-shirt Best Montana.

Parfait pour passer inaperçue…

À l'heure où blanchit le pain de campagne, je me poste en bas de chez eux et attends le grand beauf avec ses baskets noires. J'ai tellement poireauté que je viens de m'enfiler le rayon viennoiseries de leur boulangerie. Ça fait deux heures que M. Grasse Mat se fait désirer (du coup, grasse mat pour moi aussi). Quand il apparaît enfin, il part directement à petites foulées. Je démarre au quart de tour. On trottine comme ça à distance pendant les dix minutes les plus longues de ma vie. Je n'ai qu'une trouille, c'est qu'il se retourne. Pourquoi n'ai-je pas pensé à une tenue de camouflage ? Je suis débile ou bien ? Dieu merci, il ne soupçonne rien. Il slalome entre les voitures, et pendant qu'il godille, je godiche, des steaks saignants sur les joues.

À deux orteils d'abandonner la course, je le vois s'arrêter devant un immeuble rue Vavin. Il tape un code et entre, comme un seul homme puisque je n'ai pas eu le temps de me glisser derrière lui.

Je me retrouve devant la porte fermée en train de souffler comme un troupeau de lamas.

L'enfoiré ! Je lui mettrais bien mon poing de côté dans la gueule. Je ne sais pas combien de temps il va prendre pour faire sa petite affaire, mais coup de chance, il y a une terrasse de café en face de la porte. Mon gosier aride réclame un rafraîchissement. Je m'assieds sur mes élongations et commande un Coca Zéro que je paie tout de suite en cas de décollage immédiat.

Espérons qu'il n'y ait pas une autre sortie ou qu'il ne soit pas en train de s'enfuir par les toits. En même temps, il est loin d'avoir la condition physique de Jason Bourne.

Qui fréquente-t-il dans cet immeuble ? Les pires hypothèses se bousculent dans ma tête. Je l'imagine sortir et remettre sa chemise dans son pantalon avec un regard coupable. Je le vois aussi réapparaître fatigué après un long massage thaï ou encore pleurant, ruiné par une partie de poker express (il a fait tapis avec les clés du resto). Au deuxième Coca, je suis carrément partie dans le drame psychologique : il rend visite à son enfant naturel qu'il vient de retrouver. Si c'est le cas et que Delphine l'apprend, ça sent le fait divers.

J'ai vu des gens entrer, sortir… Bref, le ballet classique d'un immeuble. J'ai même vu le balai de la gardienne. Je serais bien allée la soudoyer mais malheureusement, depuis 1945, la délation n'a plus très bonne presse.

Comment savoir à quel étage est mon beauf ? J'observe la façade. Quelqu'un joue du piano au rez-de-chaussée. Et si c'était lui qui prenait un cours dans le dos de ma sœur pour lui interpréter un morceau, le jour de leurs dix ans de mariage ? Nan… Ce serait bien le genre, mais là, on frise le prix de conservatoire. La nana du troisième étend son linge devant la fenêtre ouverte. Elle n'aurait pas lavé la chemise et le slip de mon beauf pour qu'il les réenfile, ni vu ni connu ? Nan… Ça mettrait trop de temps à sécher. Du coup, c'est moi qui sèche. J'ai l'impression d'être en pyjama, la jambe dans le plâtre avec un appareil photo longue focale comme une héroïne hitchcockienne.

Au bout de quarante-cinq minutes de délires sous Coca, il pointe enfin son nez. Je scrute son visage. Impassible… de la peine d'amour.

Le reste de la journée est interminable. Après avoir traîné dans les rayons de la FNAC digitale, répondu à son téléphone et envoyé des textos avec une désinvolture presque suspecte, il s'est mis à faire les boutiques. Normalement, c'est mon sport préféré… Encore faut-il que ce ne soit pas mon beauf qui soit aux manettes ! Là, par exemple, il vient de flasher sur un gilet serpillière chez Celio. J'ai failli bondir de derrière mon portant pour l'en empêcher, mais j'aurais flingué ma couverture et il aurait quand même acheté la sienne (avec deux trous pour mettre les bras). Il entre dans une cabine pour essayer un short à poches multiples (ça ira bien avec ses Crocs jaunes cet été). Son jean tombe en accordéon sur ses chevilles. Il s'en débarrasse d'un mouvement du pied. Je me faufile dans la cabine mitoyenne avec l'agilité d'une charolaise, tends mon bras et tâtonne sous le rideau pour faire main basse sur son portable dans sa poche arrière. Alors que je touche aux coutures du jean, il réagit :

— Non, celui-là, c'est le mien, il n'est pas à vendre.

Il est sympa, mon beauf, définitivement.

Est-ce que je parle à ma sœur des trois quarts d'heure dans l'angle mort de mon rétroviseur ? Et pour dire quoi ? En même temps, si je me tais, je ne pourrai plus la regarder en face, et je ne vais pas me mettre à discuter à l'égyptienne.

Je me traîne dans le couloir du journal jusqu'à la machine à café. J'ai retrouvé mon bureau, mon bordel, mes Post-it et ma vue culpabilisante sur le Club Med Gymnase. Depuis ce matin, je bûche sur l'article bollywoodien que je n'arrive pas à finir. Je suis à l'ouest, et il n'y a rien de nouveau. Enfin, si… j'ai lâché à ma sœur l'affaire du jogging en essayant de minimiser au maximum. N'osant pas faire le pied de grue en bas de l'immeuble pour le prendre la main dans le string, elle s'est lancée à cœur perdu dans cette histoire de Léa75 pour essayer de le confondre. Quant à moi, je me marie toujours le 21 juin, et je n'ai aucun Stéphane au frais. Enfin, la bonne nouvelle, c'est que ma mère vient de m'envoyer son projet de faire-part et qu'il est top.

— Charlotte, tu peux venir voir une seconde ? hurle Paul de son bureau.

Je soupire. L'eczéma qu'il développait dès qu'il abordait une fille s'est transformé en poussées de psoriasis en période de bouclage. J'attends que mon café finisse de couler. J'attrape mon gobelet brûlant, me retourne et me prends de plein fouet notre assistante, toujours pressée, comme un lavement. La chemise couleur café et les seins qui fument, je rejoins Paul.

— Charlotte, qu'est-ce qu'on fait pour le numéro de juin ?

— Franchement, ne me demande rien aujourd'hui. J'ai le cerveau pané comme un nugget.

— Ça me rappelle hier et avant-hier. Dis donc, ça te réussit de te marier… Ah ! Tant que j'y pense, ne t'occupe de rien pour le dancefloor, Sandra est en train de te concocter THE playlist. C'est simple : ton mariage, ça va être Ibiza.

Ne booke pas tout de suite David Guetta, parce que c'est pas fait…

À part Delphine, personne n'est au courant de mon mensonge. Si je les mettais au parfum, Maya, Laure et Paul feraient tout pour empêcher ce mariage absurde. Du coup, ils empestent l'enthousiasme et les initiatives-de-quoi-je-me-mêle. Ils s'appellent dans mon dos, s'organisent avec maman, parlent déjà des plans de table, alors qu'ils n'ont pas encore les invités de Stéphane et pour cause… Ah, rien à dire, ils sont choux, tellement choux que mon coup monté commence à ressembler à une pièce montée.

— Charlotte, tu m'écoutes ?

— Oui, Ibiza, super ! Je vais me faire faire un paréo en soie sauvage et Stéphane viendra en moule-bite crème.

— Mais non, je te parle du numéro de juin. J'ai pensé qu'on pourrait suivre un comédien inconnu dans sa galère.

— Ç'a été vu mille fois…

— Je sais, mais pas au Festival de Cannes ! Avoue que ça irait super bien avec notre dossier sur les films en compétition. Imagine le comédien assis à la terrasse du glacier en face du Palais des Festivals. Tu n'as pas envie de savoir ce qu'il fait là ? Logé au Formule 1, seul, sans contact, sans accréditation et sans smoking ? Tu n'as pas envie de connaître ses espoirs ? De savoir comment il va se débrouiller pour s'incruster aux projections et dans les soirées ?

— Mouais, bof… Encore que, non, attends… Très bonne idée ! Excellente même ! Un comédien, bien sûr ! Comment n'y ai-je pas pensé avant ?! Il faut un mec : trente-cinq ans, beau gosse…

— Beau gosse, pas forcément.

— Si, si, même très beau gosse, drôle et hyper brillant ! Je ne vais pas pouvoir me concentrer ici, je rentre chez moi éplucher les fichiers de comédiens sur Internet.

— Quoi ? Non, Charlotte, reviens, c'est moins urgent que ton article sur Bollywood. Je te rappelle qu'on est charrette. Charlotte ?!

J'attrape mon sac dans mon bureau et fonce vers l'ascenseur. Ça y est : les nuages s'écartent et laissent apparaître un bout de ciel bleu. À moi le petit comédien ! Il va enfiler le costard du fiancé le temps que maman suive son traitement. Ensuite, il ne lui restera plus qu'à me larguer à quelques jours dudit *Day*. C'est sûr que, financièrement, ce n'est pas une bonne opération pour ma mère, mais médicalement, oui. Et puisque je vais avoir le mari idéal sous la main, pourquoi ne pas en profiter pour aller me pavaner avec lui au vernissage de Martin ? Maintenant, il ne me reste plus qu'à plonger dans les fichiers pour trouver la perle rare.

*

* *

La buée sur les miroirs de ma salle de bains, les bandes de poils dans le lavabo et ma penderie éventrée témoignent de la fin de mon ravalement. Je suis sur le chantier depuis cinq heures : j'ai commencé par assainir le corps de bâtiment sous la douche, ensuite flocage à l'argile pour nettoyer les pores, désamiantage des aisselles et isolation des sourcils. Une fois la surface habitable décapée, je me suis glissée dans un string coupe-feu, sanglée dans un push-up pour des seins en béton armé, puis j'ai essayé des vêtements et revêtements sur mes murs porteurs. Le gros œuvre achevé, je me suis attaquée aux finitions : j'ai coulé une chape de fond de teint, posé des faux cils flottants et travaillé le brushing par système de ventilation. Je suis fin prête pour la touche finale : le vernissage ! Point d'impact dans une demi-heure. Je dois rejoindre le comédien sur zone. J'ai hâte de voir ce qu'il donne en vrai, parce que sur photo, il avait l'air très bien bâti.

Alors que je prends mon sac pour partir, quelqu'un sonne à la porte.

Si c'est encore ma mère qui essaie de me refourguer son spectacle de pyrotechnie...

J'ouvre et...

Stéphane, l'édition originale en provenance directe d'Inde, est là : bronzé, souriant, les cheveux en pétard et son sac de voyage à la main.

— Waouh, tu défourailles dans cette robe !

— Qu'est-ce que tu fais ici ?

— Stéphane Auffray pour vous servir, déclame-t-il. Vous avez demandé un cavalier ? Tac tac boum boum, j'arrive en tenue de vernissage.

Il fait un tour sur lui-même pour me montrer son costume taillé à l'indienne et finit par un mouvement de taï-chi dont il a le secret.

— Tu me fais entrer, Sunshine ?

Je croise les bras.

— Je ne sais pas trop, aux dernières nouvelles, tu roucoulais avec Miss Goa Constrictor.

— Arrête avec cette fille... Je ne l'ai même pas baisée.

Thanks for sharing!

Il me fait ses yeux de *latrines* lover. Il est très, très beau, ce con. J'imagine la tête de Martin et me demande si cette surprise du chef ne mériterait pas un petit changement de programme. Et puis, s'il est revenu, je ne vais pas faire ma difficile, d'autant plus que c'est le seul prétendant qui soit en état (civil) de me conduire jusqu'à l'autel.

— Bon, entre, mais il faut vraiment qu'on se grouille.

Il m'embrasse dans le cou et enchaîne :

— J'ai une de ces envies de pisser ! C'est par où ?

— Tout de suite à droite.

Il pose son sac dans l'entrée et va galamment « pisser », la porte ouverte.

— Pendant que tu y es, Steph, tu ne veux pas roter à l'octave ?

— Oh, ça va, marmonne-t-il en la fermant d'un coup de talon.

Il revient deux minutes après et s'installe dans le canapé.

— Je peux savoir ce que tu fais, Stéphane ?

— Je nous roule un splif.

— Non, on décolle maintenant ! Si on arrive en retard, il n'y aura plus une goutte de champagne.

— *No stress* Sunshine ! Respire, ouvre ton plexus solaire comme je t'ai montré.

— Ah non, ne commence pas avec tes chakras de morue ! S'il te plaît, descends nous trouver un taxi. J'ai un truc à régler et je te rejoins.

Il finit de tortiller le bout de son « deux feuilles » et se le passe rapidement sous le nez.

— La petite faiblesse qui me perdra, dit-il en le glissant dans la pochette de sa veste.

Il se lève, s'approche de moi et m'embrasse dans le cou.

— Hummm… Tu sens bon. Tu es sûre que tu ne veux pas qu'on fasse un quicky avant d'y aller ?

— Stéphane, enlève cette main de mon collant.

— Regarde, je t'ai à peine touchée que j'ai déjà une demi-molle.

— Je t'en supplie, ne me parle pas comme ça ce soir. Je ne veux pas avoir la honte devant tout le monde.

— Hé ! Je peux ne pas venir aussi.

— Non, non, pardon, j'ai très envie que tu viennes. J'ai très envie de toi aussi, mais c'est *très* pas du tout le moment. Je suis un peu tendue.

— Pourquoi tu vas à ce vernissage, si ça t'angoisse tellement ?

— Parce que j'aime le mec qui expose... enfin, son travail ! J'aime beaucoup son travail ! Et j'ai hâte d'y être, voilà.

— Alors il faut y aller, hein, y a pas photo.

Il se marre, reprend un petit shoot dans mon cou et sort. Je ferme la porte derrière lui, dégaine mon portable et compose le numéro du comédien.

Merde, répondeur...

— Loïc, bonjour, c'est Charlotte, Charlotte Malère. Je suis vraiment désolée, on annule tout pour ce soir. Ne viens pas au vernissage, je répète : ne viens pas au vernissage ! Ne t'inquiète pas, je te paierai bien sûr. Ça ne marche pas pour cette fois-ci, mais ce n'est pas dit que je n'aie pas à nouveau besoin de tes services. On verra... En tout cas, excuse-moi de te prévenir si tard, j'ai un empêchement de dernière minute. Je te rappelle demain. Voilà... Encore désolée. Je... Bon... Ciao.

*

* *

En descendant du taxi devant la galerie, Stéphane allume son pet.

— Non, pitié Steph…

— Oh, tranquille, je me détends. Pars devant, j'arrive en renfort.

— Ça marche.

Enfin, ça marche… ça se déplace péniblement. Pourquoi j'ai mis mes chaussures à talons de douze centimètres ? Et ces collants ultraserrés ? C'est absurde, moi qui milite contre l'excision… Je pousse la porte de la galerie, engoncée, oppressée, vacillante, en deux mots : au top.

La grande salle est déjà noire d'*aficionados* qui se pressent devant les tirages, une coupe à la main. Un DJ mixe de la musique latino-américaine, alors que des serveuses passent avec des plateaux de tapas. Je salue quelques connaissances en allant déposer mon manteau au vestiaire. Je laisserais bien aussi mes chaussures et mes collants et, tant que j'y suis, mes amours et mes emmerdes.

— Bonsoir, Charlotte.

Je me retourne. Fourberie d'escarpins : mon talon chasse, je perds l'équilibre et tombe dans les bras de Martin.

— Tu ne les as toujours pas jetées, ces chaussures ? Tu n'es pas rancunière ! rigole-t-il en me remettant sur pied.

On ne sait pas trop comment se dire bonjour. Du coup, on approche nos visages maladroitement et ça finit par une bise bien pourrie. Avant qu'il me demande pourquoi je suis venue seule, je me lance :

— Stéphane est en train…

— … de boire un verre au buffet, je suis au courant ! On a déjà fait connaissance.

— Comment ça ?

Je me déboîte le cou et découvre Loïc, le comédien. Il est en train de se gaver de petits-fours comme s'il n'avait pas mangé depuis dix jours.

— Il est sympa, mais… comment dire, hésite Martin, il est très… exubérant. Ce n'est pas un peu fatigant à la longue ?

— Du tout. Tu m'excuses une seconde ?

Je rejoins Loïc au buffet, avec une folle envie de lui coller un pain surprise.

— Salut, Loïc. C'est moi, Charlotte.

— Enchanté !

— Moi, pas du tout enchantée de te voir là. T'as pas eu mon message ?

— Quel message ? mâchouille-t-il, ahuri.

— Je t'ai appelé il y a une heure !

— Ah ! c'était toi ! Désolé, mauvaise manip, je l'ai effacé. Ouf, j'ai cru que c'était une directrice de casting.

Champion du monde…

— Tu as parlé avec Martin ?

— J'ai été magistral ! Sans me vanter : Actor's Studio ! Le mec, il ne pouvait pas en placer une. Je n'ai parlé que de toi, mais d'une façon… le texte était fluide. Tout me venait naturellement. Je suis passé des petites anecdotes du quotidien aux grands sentiments. J'ai même amorcé l'idée du mariage. Non, franchement, c'était… Waouh… Je me suis ému moi-même. Tu bois quelque chose ?

La tasse.

Martin nous observe. Je lui souris dans mon rôle de décomposition.

— À qui tu souris comme ça ? me demande Loïc tout bas.

— À Martin…

— Il nous regarde ?

Loïc me fait basculer en arrière et m'embrasse. Pour l'article sur Cannes, j'ai choisi un comédien talentueux, alors que pour mon casting perso, j'ai privilégié le physique. *Big mistake!* C'est sûr qu'avec son mètre quatre-vingts et son blanchiment dentaire, il a fière allure, mais son CV tient sur un Post-it, et je commence à comprendre pourquoi. Martin détourne la tête et discute avec… Lolita ?! Il ne manquait plus que cette dinde à qui j'enverrais bien un marron. Elle porte une petite robe avec, dans le dos, un décolleté à la Mireille Darc. C'est indécent, cette absence de soutien-gorge et de cellulite. Elle pourrait…

MERDE !

Derrière Lolita, je vois Stéphane entrer et se diriger droit sur moi. Je laisse le comédien en plan et rejoins Stéphane à la vitesse de la bécasse. Il grogne :

— C'est qui ce guignol qui vient de t'embrasser ?

— C'est… Euh… en fait, j'avais peur qu'il soit là. Je… je me suis consolée dans ses bras quand je t'ai vu sur Skype avec cette meuf, mais je n'en ai rien à faire, je vais le quitter ce soir.

— Ce soir ? Tu veux dire « maintenant », histoire qu'on ait une chance de passer une bonne soirée ?

— Écoute, je suis sur le dossier, surtout ne t'en mêle pas parce que… il peut être très violent.

Stéphane jette un œil à Loïc pour évaluer le danger. Il est en train de faire le morse avec deux bâtonnets de carotte dans la bouche en regardant un couple qui s'éloigne, consterné.

— C'est vrai qu'il fait peur, ironise Stéphane.

— C'est ça, rigole, rigole tant que tu as encore des dents. Surtout, ne lui dis pas ton nom, parce que je lui ai parlé de toi et il rêve de te casser la gueule. D'ailleurs, ne dis ton nom à personne de toute la soirée !

— OK ! Ce soir, je suis… Mister Mystère, murmure-t-il en amorçant un geste de taï-chi. Je te laisse une demi-heure pour virer ce bouffon et… Waouh, elle tape, cette photo !

Aimanté par un des tirages, Stéphane m'abandonne.

Alors que je me rassemble, un groupe d'amis de Martin m'alpague. Ils ont l'air ravi de me voir. Ils me posent plein de questions sur ma vie, mon œuvre. Ça me serre le cœur. C'est terrible, les dommages collatéraux d'une rupture. On dîne, on part ensemble en week-end, en vacances, on se donne des surnoms et des claques dans le dos, et, du jour au lendemain, crac, ça sonne dans le vide : « L'amitié que vous avez demandée n'est plus attribuée. »

— Alors, Charlotte, il paraît que tu reviens d'Inde ?

— Oui, mais vous deux, alors ? Le petit ? Il va bien ?

— Elle ! C'est une fille.

— Ah oui, pardon. Elle va bien ?

— Très bien. Au début, elle a eu un peu de mal, mais là, ça y est, elle s'y est faite.

— À quoi ?

— On habite dans le Sud maintenant, tu sais.

— Non, je ne savais pas.

Le comédien nous rejoint et me prend par la taille. Silence gêné.

— Alors, Mamour, tu ne me présentes pas ? Bonsoir, Stéphane Auffray… fils d'Hugues. Non, je déconne.

Apportez-moi un bidon d'essence.

— Vous avez compris ? Hugues Aufray… Hisse et ho, hisse et ho, Santiano !

Et une allumette.

Il serre les paluches de tout le monde avec un sourire bonhomme. Les amis de Martin trouvent une bonne excuse pour prendre la tangente les uns après les autres. On se retrouve tous les deux à faire le tour de l'expo. Je découvre le travail de Martin dans cette ONG. C'est bouleversant de justesse et d'humanité. Malheureusement, je n'ai pas le temps de me laisser gagner par l'émotion. Il faut que je glisse au comédien une info cruciale pour le bon déroulement de la soirée :

— Loïc, tu oublies tout ce que je t'ai dit…

— Je ne m'appelle plus Stéphane Auffray ?

— Si, si, mais…

— Ah, tu m'as fait peur, parce que je commençais à maîtriser le personnage. Je t'ai préparé…

— Non ! Loïc, écoute-moi, pour le mariage…

Martin surgit.

— Je peux te l'emprunter, Stéphane ?

— Emprunter, oui, badine Loïc, mais pas longtemps, elle me manque déjà.

Il part et revient immédiatement sur ses pas, me prend la bouche et me fait un détartrage de printemps, puis il repart après un soupir digne d'une tragédie de Sophocle. Je rougis de honte et de dégoût.

— Qu'est-ce que tu penses de l'expo ? me demande Martin.

— Elle est très forte, très dure… spécialement pour moi.

— Pourquoi ?

— C'est à cause de ce dernier voyage qu'on s'est séparés, non ?

— Non.

— Ah ? Je croyais.

— On s'est séparés parce que tu m'as demandé de faire un choix, Charlotte. Ce n'est ni le moment ni l'endroit pour en parler, mais si tu m'avais vraiment aimé, tu ne m'aurais pas poussé à choisir entre la photo et toi.

— Entre la photo et moi ? Comment tu peux dire ça ?! Entre moi et la-photo-à-l'autre-bout-du-monde-pendant-sept-mois-dans-des-pays-en-guerre, là, oui ! Là, d'accord, on peut commencer à disputer… discuter !

— De toute façon, Charlotte, t'es heureuse maintenant. Pourquoi tu t'énerves ?

Lolita vient se frotter à Martin comme un petit animal de compagnie.

— J'adore, j'adore, j'adoooore, orgasme-t-elle. C'est dingue, toutes tes photos ! Elles sont… hyper nettes ! Franchement, Martin, TTF !

— TTF ? répète Martin.

— Bah, t'es trop fort !

Et toi, TTC (t'es trop conne).

Je me barre pour éviter de refaire la gueule de Lolita à coups de sac à main et de couper court à cette conversation stérile avec Martin. En plus, il faut que je dise au comédien de la mettre en veilleuse sur le mariage. Je fais trois fois le tour de la galerie. Il n'est nulle part. Il doit être aux toilettes. En l'attendant au buffet, je me gave de guacamole et enchaîne les coupes de champagne. Stéphane a le regard ventousé sur une photo. Impossible de savoir s'il est subjugué par un détail ou s'il a fait une sortie de corps. J'enlève discrètement mes chaussures et pose mes pieds sur le sol glacé de la galerie. Je revis.

Il est grand temps que je reprenne le contrôle des opérations parce que là, je suis complètement à côté de mes pompes. Je tenais absolument à ce que Martin voie Stéphane pour qu'il en crève de jalousie. Suite à une lamentable erreur de casting, il est plutôt en passe de crever de rire. Il ne me reste plus qu'à prendre mes deux Stéphane sous le bras et m'en aller.

J'enfile mes chaussures en grimaçant de douleur.

Avant de mettre à exécution mon plan de repli, je fais un petit crochet.

Si possible du gauche.

— Martin ?

— Excusez-moi, glisse-t-il à un notable grisonnant, je vous laisse regarder. Je reste à votre disposition si vous avez des questions. Oui, Charlotte ?

J'attends que l'homme s'éloigne et je passe la seconde :

— Je voulais que tu saches que je ne m'énerve pas. C'est juste que je ne supporte pas que tu refasses le match. Je suis partie parce qu'il n'y avait plus de place pour moi dans ta vie.

— Il y avait largement de la place pour toi, mais le problème, c'est qu'il te faut *toute* la place.

— Dis que je suis égoïste.

— Je dirais égocentrique.

Je le dévisage, partagée entre la colère et l'incompréhension.

La musique s'arrête.

— Retourne-toi, Charlotte, m'assène-t-il, je crois qu'on va avoir droit au bouquet final.

Le DJ envoie une marche nuptiale, Loïc s'approche de moi en valsant tout seul et finit par poser un genou à terre. J'ai la moelle épinière en osso buco. Je secoue la tête et murmure entre mes dents :

— Loï… Stéphane ! Relève-toi, t'es ridicule !

— Charlotte, commence-t-il avec emphase, je veux devenir l'ombre de ton ombre, l'ombre de ta main…

Dans ta gueule si tu continues !

— … Je t'aime comme un fou, comme un roi, comme une star de cinéma !

La honte commence à suinter par tous les pores de ma peau. Faussement tendre, je l'attrape par le colback et essaie de le relever, mais il résiste, le bougre. Je murmure entre mes dents :

— Je t'en supplie, arrête.

— Je ne trouve pas de refrain à notre histoire, déclame-t-il, tous les mots qui me viennent sont dérisoires. Alors, Charlotte, me ferais-tu l'immense joie d'accepter de devenir ma femme ?

J'adorerais voir une pointe de jalousie dans les yeux de Martin, mais on est plutôt sur de la consternation. Loïc, lui, a les pupilles qui scintillent comme dans les dessins animés japonais. Le DJ a coupé la musique. Tout le monde est suspendu à mes lèvres. Deux choix s'offrent à moi : soit je lui décoche un mawashi-geri-coup-de-pied-circulaire, soit je ferme les yeux et je réponds…

— Oui.

OUI ?! Qui a pris ma voix pour dire ça ?!

Loïc bondit, me prend dans ses bras et me secoue pour faire remonter la pulpe. J'arrive à sourire. Tout le monde applaudit. Je crois qu'on a épaté la galerie.

— Hop hop hop, qu'est-ce que c'est que ces conneries ? gueule Stéphane en fendant la foule jusqu'à nous.

J'écarquille les yeux et lui chuchote :

— Reste en dehors de tout ça, Stéphane, je gère.

— Tu gères rien du tout. Hé, connard, tu peux lâcher ma meuf, s'il te plaît ?

— Quoi ?! Comment ?! s'offusque Loïc en se mettant devant moi pour faire barrage de son corps. Quel est cet individu qui s'oppose à notre union ?

— Alors toi, tu vas commencer par fermer ta gueule…

— Rien ne me fera taire ! Vous m'entendez ? Rien !

Stéphane lui balance une grande claque qui le sèche sur place. Loïc met quelques centièmes de seconde à comprendre ce qui lui arrive et, contre toute attente, il se laisse tomber et parfait sa chute par un roulé-boulé. L'assistance laisse échapper un « oh ». Je me retourne vers Stéphane :

— Qu'est-ce qui te prend ? T'es débile ou quoi ?

— Débile ! C'est bon, Charlotte, tu m'as soûlé. Je me casse.

Stéphane part en bousculant Martin. Dans un silence de mort, l'assemblée s'écarte sur son passage. J'aide Loïc à se relever en lui glissant à l'oreille :

— Ça va, n'en fais pas des caisses non plus.

— C'était prévu dans le scénario que je me prenne une baffe ?

Martin applaudit tout en me fusillant du regard.

— Mesdames, mesdemoiselles, messieurs, dit-il en portant la voix, j'espère que vous avez apprécié la performance de la ligue d'improvisation de Charlotte Malère.

Les convives applaudissent du bout des doigts et, après un moment de flottement, ils reprennent le cours de leur vie. Je m'approche de Martin.

— Je suis désolée. L'autre mec, c'est un dingue. Il…

— C'est bon, Charlotte.

— Non, mais il me harcèle depuis…

— Ça ne m'intéresse pas. Tu vois, ce soir, c'était mon expo et il a encore fallu que tu prennes toute la place.

— Mais…

— Je te souhaite beaucoup de bonheur. Maintenant je pense que ce serait bien que tu t'en ailles.

Lolita m'accapare :

— MDR ! J'y ai cru, mais à mooort ! Sérieux, c'était trop la classe !

Je lâche en fixant Martin :

— Moi, j'ai trouvé ça pathétique, de mauvais goût, et je m'en excuse…

Il se détourne de moi. Loïc me questionne des yeux. Je l'agrippe par la manche et l'entraîne vers la sortie des artistes.

*

* *

Loïc gare sa moto devant mon immeuble. Je descends, frigorifiée.

— Merci de m'avoir raccompagnée. On avait dit combien ? Trois cents, c'est ça ?

— Oui, me répond-il. Je suis désolé que ça ne se soit pas passé comme tu voulais.

— Si seulement je savais ce que je voulais…

Je sors sa petite enveloppe de mon sac.

— Tiens… Attends, je vais te rajouter cinquante euros pour la claque.

— Laisse, c'est pour moi.

— Merci, Stéphane.

— Loïc.

Je lui souris tristement, lui fais un petit signe de la main et tourne les talons. J'ai la tête affreusement lourde.

— Charlotte !

— Oui ?

— Tu peux enlever mon casque, s'il te plaît ?

— Ah oui, pardon.

*

* *

Je gravis les étages, mes chaussures à la main. Un de mes gros orteils a transpercé mon collant. Cette paupiette violacée qui cherche à se dégager, c'est un peu moi qui essaie de sortir la tête de mon tissu de mensonges. Il faut que je me pose et que je trouve un moyen d'enrayer l'emballement qui a gagné ma mère et tous mes potes. Ensuite, j'étudierai le dossier Martin.

Comme dirait Scarlett O'Hara : « Demain est un autre jour. » Ce soir, je vais me contenter de vider le pot de rillettes à la cuillère, un Lexomil, et à moi le trou noir.

La minuterie s'éteint alors que j'arrive sur mon palier. En avançant à tâtons jusqu'à ma porte, je heurte une masse molle. Deux cent vingt volts d'adrénaline me propulsent en arrière. Je lance de toutes mes forces mes chaussures vers la masse qui se met à gueuler. Je me déplace en crabe jusqu'à l'interrupteur, fouille frénétiquement dans mon sac et allume en vidant ma bombe Narta sur l'objet violent non identifié.

— Ah ! ça brûle ! hurle-t-il de plus belle. Et qu'est-ce que ça schlingue !

— Stéphane ?! Qu'est-ce que tu fais allongé sur mon paillasson ?

Je rebouche mon déodorant et m'accroupis à côté de lui. Il a les yeux qui pleurent et mon talon l'a atteint à l'arcade sourcilière.

— T'es une grande malade, Charlotte.

Embarrassée, je me penche pour évaluer les dégâts.

— T'as rien… Enfin, t'es un peu rouge, mais franchement, ça va bien avec tes yeux défoncés.

— Très drôle ! Tu me files mon sac et je me barre.

— Mais non, reste coucher à la maison. Tu as vu l'heure ?

— Coucher ou… *coucher* ?

— Dormir, Stéphane.

— Alors ce sera sans moi.

Exténuée, je sors mon trousseau de clés et ouvre la porte. Stéphane prend son sac dans l'entrée et ressort.

— T'es sûr que tu ne veux pas rester ?

— Non. T'es cool comme meuf, mais t'es trop compliquée.

— Où tu vas passer la nuit ?

— C'est bon, j'ai un pote qui vit dans un squat pas loin d'ici.

— Je n'insiste pas ?

— Non, me lance-t-il en descendant l'escalier, je crois que t'as vraiment besoin de faire le ménage dans ta vie.

J'ai surtout besoin de me mettre en ménage.

Je suis réveillée depuis une demi-heure, mais je reste allongée dans mon lit, mon masque de nuit sur les yeux. Pourquoi me lever ? Ma mère est malade. Le comédien que je lui ai choisi comme placebo est une tanche qui m'a coûté un bras. Le vrai Stéphane est définitivement aux fraises. Et comme si ça ne suffisait pas, hier, en voyant les photos de Martin, j'ai pris conscience de l'importance de son engagement. Comment ai-je pu, à l'époque, passer à côté ? Je n'aurais jamais dû lui demander de choisir, pas en ces termes… J'ai le sentiment d'avoir perdu l'homme de ma vie. J'ai envie de m'étouffer sous mon oreiller. Pourtant, il va falloir que je me lève et que je me bouscule, comme d'habitude. Action !

Comment rompre avec cette spirale de l'échec ?

Petit 1 : Appeler maman pour tout lui expliquer et annuler ce mariage.

Petit 2 : Lui trouver une autre raison de vivre comme… repeindre intégralement mon appartement ?

Petit 2 bis : Trouver mieux.

Petit 3 : Conseiller à ma sœur de faire une thérapie de couple.

Petit 4 : Effacer le numéro de Stéphane Auffray (et son taï-chi-dans-le-ventilo) pour ne pas être tentée de revenir sur le petit 1.

Petit 5 : Prévenir la bande que mon mariage n'est qu'une vaste supercherie.

Petit 6 : Leur offrir un week-end à Essaouira pour oublier tout ça.

Petit 7 : Remonter dans l'estime de Martin sans tambour ni tromperie.

GRAND 8 : Passer le reste de ma vie avec lui.

Le téléphone fixe sonne. Je soulève un coin de mon masque. Éblouie par la lumière, je grimace et le laisse retomber. Mon répondeur se met en marche.

« Vous êtes bien chez Charlotte. Je suis actuellement indisposée, alors laissez-moi un message après la faute de français et… je vous *rappellera* ! »

« Bonjour, mon trésor, c'est maman. Tu es là ? »

Est-ce que je suis là ?

« Visiblement, tu n'es pas là. Pourquoi je t'appelais, moi ? Ah oui ! Ça y est : de mon côté les invitations sont parties. »

Charlotte, lève-toi et marche !

« Il faut vite que tu me donnes ta liste et celle de Stéphane que j'ai tellement hâte de rencontrer ! Je compte sur toi pour nous organiser une dînette dans la semaine ! Sinon, j'ai vu mon médecin hier. Oh, j'ai honte, je n'arrivais pas à lui parler d'autre chose que de ton mariage. Il m'a trouvée en très bonne forme.

Il m'a dit : "Madame Malère, le moral, c'est primordial !" On a pris rendez-vous pour une chimio le 1er avril. Et ce n'est pas un crabe d'avril ! Oh, écoute-moi, voilà que j'en rigole ! Merci, ma chérie, c'est grâce à toi. Allez, je t'embrasse… Rappelle-moi vite ! »

Elle a raccroché. Je n'ai pas bougé un doigt de pied : première lâcheté de la journée. J'enlève mon masque et me traîne sous la douche.

Alors que j'essaie de me détendre sous le jet brûlant, le téléphone sonne à nouveau. Je coupe l'eau et tends l'oreille.

« Salut, Charly, c'est Laure. Avec ce qui arrive à ta mère, tu ne dois pas avoir beaucoup d'énergie pour t'occuper de ton mariage. En tout cas pour ta robe, ne t'inquiète de rien. J'ai mis ma styliste sur le coup. Elle a travaillé jour et nuit. Elle m'a fait plein de propositions et je crois qu'on tient la robe parfaite pour toi. Je te rappelle pour le premier essayage. Bisou-zou ! »

Démoralisée, les pieds dans l'eau, j'hésite à changer une ampoule.

*

* *

J'ai enfilé un jogging et, debout devant mon grille-pain, j'attends ma tartine. J'ai une bouffée de nostalgie en repensant aux brunchs du dimanche au resto de ma sœur avec la bande. Tout le monde a sa petite vie maintenant, sauf moi… enfin si, mais elle est devenue tellement petite, ma vie, que je ne rentre même plus dedans.

Ma tartine saute, je l'attrape et commence à la beurrer au moment où le téléphone sonne pour le troisième round.

— Charlotte, c'est Maya. J'espère que tu gardes le moral. Je viens d'avoir ta mère pour le budget traiteur. Elle a l'air d'aller beaucoup mieux. Ça fait plaisir à entendre. De mon côté, j'ai eu rendez-vous hier pour la dégustation. Je suis sûre que tu vas adorer ce que j'ai choisi. Je bosse souvent avec cette boîte. C'est vraiment la meilleure. Fais-moi confiance, tu auras simplement à dire « oui » le jour J.

— IL N'Y AURA PAS DE JOUR J !!!

Je balance ma tartine, cours dans ma chambre et plonge dans mon lit planquer à nouveau ma tête sous l'oreiller. C'est affreux : plus les gens m'appellent, plus je me sens seule. Chaque sonnerie enfonce un peu plus le clou. J'ai trente-trois ans et mes amis sont en train de me crucifier sans s'en rendre compte. Comment ai-je fait pour en arriver là ?! Où est mon mari ? Où sont mes enfants ? On est dimanche et je suis à deux doigts de regarder « Télé Foot » ! Je me mets à sangloter jusqu'à ce que le téléphone pleure pour la quatrième fois.

— Mais LÂCHEEEEEZ-MOI !!!

Entre deux reniflements, j'entends :

— Salut, c'est Martin…

Je me redresse comme un lémurien et m'éjecte du lit.

— … Regarde Direct 8.

Je glisse sur le tapis, me vautre et me relève d'un bond.

— … Tous mes vœux de bonheur, Charlotte.

Haletante, je me précipite sur le téléphone au moment où il raccroche.

— Allô ! Martin ?! MERDE !

Il a dit quoi ? Direct 8 ?

J'envoie valdinguer le combiné et me rue sur le bouton de la télé. Écran bleu ! Je regarde sur la table basse. Je fais valser tous les coussins du canapé… Où est cette saleté de télécommande ?! Je retourne mon appart et finis par la retrouver dans le frigo à côté du pot de rillettes. Je retourne en trombe dans le salon, mets Direct 8 et tombe sur une série moisie genre *Plus belle la vie*. J'ai dû me tromper de chaîne. Je vérifie : non, c'est bien Direct 8 ! J'approche le pouf de la télé, m'assieds et essaie de comprendre. Deux bellâtres échangent des propos affligeants à la terrasse d'un café. Quel est le rapport avec la choucroute ? Je n'arrive pas à saisir, il y a un message cryptogay ? Je scrute chaque détail sur l'écran jusqu'à ce qu'un troisième bouffon les rejoigne et s'asseye avec eux.

C'est Loïc.

Plus moche la vie…

*

* *

J'ai le doigt soudé à la sonnette de Martin. Maintenant qu'il a compris que j'avais engagé un comédien pour m'escorter à son vernissage, il doit penser que je suis complètement dérangée.

No comment…

Il ne répond pas. Je ne sais plus quoi faire. J'assène trois coups secs, trois coups longs, trois coups secs, mais mon SOS reste sans réponse. Je passe en mode manuel : je tambourine à m'en fracturer les phalanges. Toujours rien.

— Martin, si t'es là, ouvre-moi, s'il te plaît ! Il faut vraiment que je te parle ! Martin ? Bon, d'accord, je m'en vais.

Je fais semblant de partir en piétinant sur place et je plaque mon oreille à la porte. Aucune présence détectée, à part le couple d'inséparables que je lui avais offert pour nos deux ans.

J'ai été bien inspirée ce jour-là…

Avant que les voisins appellent les flics, je redescends dans la rue, m'assieds sur le banc en face de chez lui et attends.

Je me revois il y a six mois, pleurant sur ce même banc, la nuit où on s'est quittés. Depuis, la plaie n'a toujours pas cicatrisé, elle se serait même plutôt infectée. Je le rappelle pour la énième fois.

— La messagerie de MARTIN GALL ne peut plus prendre de message.

Et la vie de CHARLOTTE MALÈRE ne peut plus prendre de ratage.

Je m'allume une clope. Mon paquet est presque plein, je me sens moins seule. Je vais attendre en compagnie de Philip et Morris.

C'est pas sa voiture, ça ? Mais si : MDR 75…

Tout à coup, j'ai une vision d'horreur ! J'imagine Martin rentrant du vernissage : bouillonnant de désir, il se gare à l'arrache en bas de chez lui, fait le tour de sa caisse et ouvre la portière à Lolita. Elle sort et se frotte à lui, tellement gracile dans sa robe dos nu. Dans la lumière des réverbères, elle le fixe avec un mélange de fraîcheur et de chaleur. Le souffle court, il l'enlace, ses mains glissent le long de sa colonne vertébrale pour s'arrêter à la naissance de ses fesses. Alors qu'elle commence imperceptiblement à onduler dans ses bras, il l'embrasse.

IL L'EMBRASSE ! Et cette petite pisseuse se laisse faire, tu penses !

Je m'approche fébrilement de sa voiture pour voir s'il n'y aurait pas un indice, quelque chose, un cheveu sur la banquette arrière, un string collé à la vitre…

— C'est votre voiture, mademoiselle ?

Je fais volte-face et me retrouve nez à nez avec une contractuelle.

— Non… enfin, si. Pourquoi ?

— Vous voyez les bandes jaunes, là ?

— Euh… oui, vaguement.

— Vous êtes garée sur une place de livraison.

— Ah ! flûte. Je n'ai pas les clés sur moi, mais mon… mari ne va pas tarder.

— Soit vous la déplacez tout de suite, soit je vous dresse une contravention.

— Écoutez…

— Non, je n'écoute pas, vous…

— Mon mari s'est fait renverser par un bus de la RATP, il me semble que c'est un peu de votre famille, non ? Il a failli être paraplégique. Il se fatigue rapidement, donc on ne peut pas se garer loin. Je vous dis qu'il revient très vite, enfin… aussi vite qu'on peut le faire en béquilles, donc soyez un peu humaine. C'est possible ça, d'être compréhensif ? De pardonner aux gens qui ont fait une erreur ? C'est ça, la société dans laquelle on vit ?! Plus personne n'a le droit à une seconde chance ?! Il faut toujours être irréprochable, parfait…

— Calmez-vous, mademoiselle. Si je commence à faire des entorses au règlement…

— Entorse ? Mais ce n'est pas d'entorses dont je vous parle, c'est de fractures ouvertes ! Coma, hospitalisation, rééducation !

— D'accord, d'accord, ça ira pour cette fois.

— Merci.

Le jury appréciera.

*

* *

Quatrième cigarette.

Ils ne pourraient pas mettre des petits coussins sur ces bancs ? Je suis sur le point de remporter l'escarre du meilleur espoir féminin… Tiens, pour m'occuper, je vais participer à la vie de quartier.

— Excusez-moi, madame, ça vous ennuierait de ramasser la crotte de votre chien ?

*

* *

Neuvième cigarette.

— Échec et mat, m'assène le petit retraité assis à califourchon en face de moi.

— Encore ?

— Je vous l'ai dit : à l'instant où vous avez perdu votre cavalier…

— … ma vie a basculé, je sais.

— On en fait une petite dernière avant que la nuit tombe ?

— Allons-y.

Je ne suis pas à un échec près…

*
* *

Douzième cigarette sur le banc de touche.

Toute la journée, j'ai espéré le voir arriver et qu'il me sourie. J'ai attendu, attendu, il n'est jamais venu.

Zaï zaï… aïe aïe.

Je ne demandais pas la lune, seulement un petit rayon de soleil. Les réverbères s'allument.

Bien tenté, mais ça ne va pas suffire.

Je viens de franchir le cap de non-espérance. Je me lève avec la chair de poule et le moral dans les mi-bas. J'appuie sur le bouton pour ouvrir la porte cochère et déposer un petit mot dans sa boîte aux lettres. Mais passé 20 heures, il faut composer le code… qui a bien sûr changé. La vie s'entête à me signifier que Martin et moi, c'est du passé décomposé. J'abandonne. Au moins, je lui aurai évité une prune…

Un réverbère s'allume, mais dans ma tête cette fois. Je sors de mon sac un papier, un crayon, et griffonne : « J'ai fait n'importe quoi. » J'hésite, rajoute « je t'aime », plie le petit mot et vais le coincer sous son essuie-glace.

Au premier couinement de mon portable, je plonge la main dans mon sac.

— Tu dois l'éteindre à l'hôpital, ma chérie, me sermonne ma mère. Regarde le petit panneau, ça fait des interférences avec les machines.

— J'aimerais bien, mais je ne le trouve pas !

— Qu'est-ce qui te prend ? s'étonne-t-elle. Tu éventres ton sac à chaque fois que ton téléphone sonne.

— Rien, maman, rien…

Je prie pour que ce soit un message de Martin. Pas de bol, c'est Paul. Il s'emballe sur la playlist de mon mariage en me chantant *Freed from Desire* d'une voix de châtré.

Ça va être énorme, cette soirée. Dommage que ce soit celle de mon mariage…

— C'est Stéphane ? me demande ma mère avec l'œil qui frise.

— Stéphane ?

— Bah, ton mari, idiote.

— Bien sûr, où avais-je la tête ? Non, non, c'est Paul et Sandra qui s'occupent de la musique pour le 21.

— Formidable.

For me, for me, fort minable.

— Tu vois, ma biquette, ça avance bien. Toi qui avais peur que ce soit trop court… En tout cas, de mon côté, je suis dans les temps. J'ai publié les bans dans *Le Figaro*.

— Quoi ?! Mais c'est pas vrai ! Écoute, maman, tu sais, entre Stéphane et moi en ce moment, c'est pas… alors l'annonce publique de notre mariage, c'est un peu…

— … prématuré, je sais, mais je n'ai pas pu résister. Pour tout te dire, c'est sorti avant-hier, le jour de ma première chimio. C'est bête, mais c'était symbolique.

Comment voulez-vous que je travaille dans ces conditions ?

Ma mère est perchée avec dans son bec un mariage. Jamais je n'arriverai à le lui faire lâcher.

N.B. : Rappeler Stéphane, le séquestrer et le torturer jusqu'à ce qu'il accepte de m'épouser.

— Maintenant, poursuit ma mère, il faut que je dépose au plus vite votre dossier à la mairie, mais pour ça, je dois absolument avoir vos actes de naissance…

— Nos quoi ? Qu'est-ce que c'est que ça encore ?

— Eh bien, vos actes de naissance. J'ai déjà fait une demande sur Internet pour le tien, mais il me faut celui de Stéphane.

— Tu as pu le faire à ma place ?

— Je suis malade, d'accord, mais je n'ai pas Alzheimer. Je connais encore ta date et ton lieu de naissance, le prénom de ton père et mon nom de jeune fille.

— C'est tout ce qu'ils demandent ?

— Oui. Et tes essayages avec Laure, tu ne m'as pas raconté ? Elle est belle, ta robe ?

— Très jolie…

Une grosse meringue qui me reste sur l'estomac.

— Tu sais ce que j'en ai fait, moi, de ma robe ?

— Une garniture pour le berceau de Delphine.

— Exactement… Oh, ma chérie, tu t'apprêtes à vivre les plus belles années de ta vie. Qu'est-ce que j'ai pu être heureuse avec ton père !

— Et malheureuse aussi, maman.

— Oui, mais malgré tout, il restera toujours l'homme de ma vie et, en ce moment, je peux te dire que nos fous rires me manquent.

Un infirmier entre dans la salle d'attente.

— Madame Malère ?

— Oui.

— Le docteur Gravier vous attend.

Ma mère se lève, m'embrasse sur le front et le suit, me laissant seule face à mon destin.

Martin n'a pas donné signe de vie depuis une semaine. Je n'ose pas l'appeler. Pour lui dire quoi ? Lui proposer un rendez-vous dans un café, débouler en petite robe légère et le forcer à rire de tout ce qui nous arrive : « On a bien déconné ! Ah ah ah ! Allez, maintenant, écran magique : on efface tout et on recommence. » Le problème, c'est qu'on ne peut pas obliger quelqu'un à vous aimer. Il a dû gentiment faire une cocotte avec mon mot, mais c'est pas grave puisque ma vie est sur des rails, avec ma mère en chef de gare. À l'heure qu'il est, tout est prêt pour le mariage, à l'exception d'un point de détail… Oh ! Trois fois rien : il manque juste le marié…

Vivement le 21 juin que je me passe la corde au cou.

*

* *

Je pousse la porte de mon appart où flotte une odeur de tabac froid et de crevettes tièdes. J'ai oublié de descendre la poubelle et une semaine de vaisselle bien gratinée s'entasse dans l'évier. J'ai appelé Stéphane avec ma voix d'hôtesse de l'air. Il ne va pas tarder à arriver. Je fais claquer mes gants Mapa et me transforme en fée du logis. Une fois que ma cuisine rutile, je m'attaque aux moutons qui bêlent sous les meubles. Je branche mon Rowenta et aspire à la propreté. La tâche accomplie, je l'éteins du bout du pied. Nickel.

*

* *

Costumée en soubrette, je cours prendre mon plumeau sur mon lit et vais ouvrir la porte. Accoudé au chambranle, Stéphane m'adresse un sourire craquant :

— Salut, Sunshine.

Il me tend un sachet en papier kraft du McDo.

— Sundae caramel supplément cacahuètes.

— Tu sais parler aux filles, toi.

Je pose le sachet sur la tablette de l'entrée et lui chatouille le bout du nez avec mon plumeau.

— Ça y est, j'ai fait le ménage dans ma vie.

Je me cambre à m'en coincer les lombaires, entrouvre ma bouche Betty Boop et lui susurre :

— C'est toi que je veux.

Il me soulève et me plaque contre le mur.

*

* *

Vu les hallebardes qui tombent dehors, on est mieux au chaud sous la couette. Ma coiffe de soubrette sur la tête, Stéphane me repasse le pétard.

— Attends, Sunshine, il s'est éteint… Il est où le briquet ? Il était là il y a deux secondes.

Je palpe la couette sommairement.

— Aucune idée.

Il se lève et prend des allumettes dans la poche de son jean. Quelque chose tombe par terre.

— Merde !

Paniqué, il se met à quatre pattes et regarde sous le lit. Je ne vois plus que son petit cul s'agiter.

— Qu'est-ce que t'as perdu ?

— Mon scarabée !

— Ton scarabée ?

— Ouais, mon porte-bonheur ! Je sais que c'est idiot, mais mes parents me l'ont rapporté d'Égypte quand j'étais môme.

— Tu vas le retrouver, t'inquiète.

— Ah ! le voilà !

Je me bricole un accent cantonais :

— Quand tu veux tu peux, Petit Scarabée.

Il me fait la position du héron et replonge aussitôt sous la couette :

— Le coup de streeeeeeess que je me suis fait !

— Montre.

Il me tend un petit scarabée turquoise (l'attrape-couillon typique du touriste en bob) et rallume le pétard :

— J'avais dix ans quand ma mère me l'a offert. Le jour où je l'ai oublié à la maison, je suis rentré de l'école et mon chien était mort. Depuis, je le garde toujours sur moi. Je sais, je suis grave.

— Pas du tout, pas du tout…

Bon, il parle de sa mère, c'est le moment ou jamais de récolter les infos pour son acte de naissance.

Allez au boulot, inspecteur Clouzot.

— Dis-moi, Stéphane, ce chien, c'était ton premier animal de compagnie ?

— Ouais.

— C'était quoi son nom ?

— Rocky, pourquoi ?

— Pour rien, tu vas voir. Maintenant, c'est quoi le nom de jeune fille de ta mère ?

— Bonichon.

— Non, sérieux.

— Je te jure : Sylvie Bonichon. Elle a pris cher à l'adolescence.

— J'imagine.

— Pourquoi tu me demandes ça ?

— C'est un jeu débile pour trouver ton nom d'acteur de films pornos. Tu accoles le nom de ton premier animal de compagnie au nom de jeune fille de ta mère, et ça te donne ton pseudo de harder. Rocky Bonichon : ça le fait !

— Mouais… Ça vaut pas Dirk Diggler. Et toi, c'est quoi ?

— C'est pas terrible : Vicky André.

— C'est marrant, c'est le prénom de mon père.

— Ah ? Ton père s'appelle donc André Auffray.

— Affirmatif.

Je tourne la tête vers la fenêtre et enchaîne avec une subtilité toute relative :

— Ah ! Paris sous la pluie… J'adore cette ville. Je n'aurais pas voulu naître ailleurs.

— Moi non plus.

— T'es né à Paris ?

— Oui, ça a l'air de t'étonner.

— Pas du tout. Tu sais que j'ai failli naître dans le taxi ? Mes parents sont arrivés à la clinique Mirabeau, mais alors ric-rac.

— Tu veux la dernière taffe ou je l'écrase ?

— Merci, tu peux l'écraser… Tu crois à la numérologie ?

— Non.

— T'as tort. Je te donne un exemple : t'es né dans quel arrondissement ?

— Je te dis que je n'y crois pas.

— Justement, tu vas voir, c'est in-cro-yable !

— Dans le 19e.

— Attends, je note…

Je prends un crayon à lèvres qui traîne sur ma table de chevet et un livre que j'ouvre à la page de garde.

— 19 donc. Date de naissance ?

— 21 mars 1976.

— 21… 3… 1976… Alors, je prends 21, je soustrais 3, multiplié par 19, je retiens 2, divisé par la racine carrée de 1976, j'ajoute 2 parce que c'est une année bissextile…

Je continue mes calculs rénaux en marmonnant à la *Rain Man.*

— … dérivée de la fonction f de x…

Stéphane se penche mollement au-dessus de mon épaule. Je planque ma tête à toto.

— Ne regarde pas, j'y suis presque… J'additionne 1 parce que t'es un mec, ce qui nous fait… 96, donc à l'envers… J'en étais sûre !!! 69 !

— Si c'était pour en arriver là, j'aurais pu te le dire, conclut Stéphane en plongeant sous la couette.

STÉPHANE AUFFRAY, NÉ LE 21 MARS 1976 À PARIS 19e, FILS DE SYLVIE BONICHON ET D'ANDRÉ AUFFRAY !!! Il m'a achevée ! Ce n'était pas un acte de naissance, mais un acte de bravoure !

Ça sonne à la porte. Stéphane se fige et sort la tête, la coiffe de soubrette de travers.

— C'est qui ?

— J'en sais rien.

Je me lève, intriguée, et enfile une nuisette.

— Reviens vite, je n'ai pas dit mon dernier mot, Jean-Pierre.

Je souris, ferme la porte de la chambre et vais regarder par l'œilleton. Je me plaque dos au mur, le regard fixe. Je suis prise de bouffées de chaleur et mon cœur se met à battre de façon anarchique. Je regarde autour de moi. Affolée, je chope le sachet du McDo, sors le Sundae fondu et me mets à respirer profondément dans le sac pour me calmer. Ça resonne.

Sundae, bloody Sundae!

Je prends une dernière inspiration et ouvre, fraîche et souriante.

— Martin ?

Trempé comme une soupe, il me sourit, embarrassé.

— Je suis désolé de te déranger si tard.

— Tu ne me déranges pas.

— J'ai besoin de te parler, je peux entrer ?

— Bah… Euh… en fait…

Je baisse d'un ton.

— … Il y a ma mère qui dort sur le canapé du salon.

— Je n'étais pas là de la semaine, chuchote Martin, je viens de trouver ton mot. Le problème, c'est qu'il a pris la pluie, je n'arrive pas bien à lire. Qu'est-ce que tu as marqué, là ?

— Montre.

— Juste là. « J'ai fait n'importe quoi. Je… Je t'… » Ce n'est pas clair.

— Attends, je n'ai pas mes lunettes.

— Tu ne portes pas de lunettes.

— Ah oui, c'est vrai. Attends, montre. « Je… je t'arme ? »

— Non, m'encourage Martin, essaie encore.

— Je t'…

— « Je t'aime », peut-être ?

— Peut-être.

Il s'approche de moi, prend mon visage dans ses mains, m'embrasse tendrement, puis me confie, les yeux dans les yeux :

— Charlotte, c'est toi qui as raison. J'ai pété les plombs quand on était ensemble. Mon métier a pris trop de place. Je redécouvrais le reportage, je pouvais à nouveau marcher. Je t'ai complètement délaissée et, je ne sais pas, le fait que tu m'aies vu tellement diminué pendant des mois, que tu te sois occupée de moi comme d'un gosse, c'est horrible, mais ça m'a étouffé. Dès que j'ai pu, j'ai eu besoin de me prouver que j'étais redevenu un homme. Puis il y a eu cette fausse couche qui m'a anéanti. Je me suis débiné comme un salaud. C'est moi qui ai été égoïste dans cette histoire. C'est moi qui ai fait n'importe quoi.

— Mais non. Moi, j'ai engagé un comédien pour te rendre jaloux, c'est pas pathétique, ça ?

— C'était complètement con, je te l'accorde, mais ça a marché. Je ne pars plus au Mexique, j'ai tout annulé. Je ne veux plus vivre sans toi.

— HÉ ! SUNSHINE ! QU'EST-CE QUE TU FOUS ?

Martin fronce les sourcils. Je souris bêtement :

— Excuse-moi, Martin, tu disais ?

— Dis donc, il faut qu'elle arrête de fumer, ta mère.

Stéphane sort de la chambre la bite à l'air en redressant sa coiffe.

— Tiens, le photographe ! Salut, mec !

Il vient serrer la main de Martin.

— Excuse-moi, rappelle-moi ton prénom.
— Martin.
— Ah ouais, c'est vrai. Moi, c'est Stéphane.
— Stéphane ? Stéphane Auffray ?
— Lui-même…
Martin me dévisage. Je perds pied.
— Attends, je vais t'expliquer…
— Non, c'est bon. Tu sais quoi, Charlotte ? Je n'ai même pas envie de comprendre. Salut.
Stéphane bâille :
— Reste, je vais enfiler un fut et nous rouler un pet.
— Merci, je passais simplement dire à Charlotte que je partais au Mexique.
— Comme tu le sens, mec… *Buen viaje gringo !*
Je rattrape Martin par le bras dans l'escalier.
— Martin, je t'en supplie…
— Ne me touche pas.
Il dévale les marches.
Je ravale mes larmes.

*
* *

Je suis au fond du gouffre, mais à la surface, la vie continue. Enfin, la vie… Le cauchemar continue ! Je ne peux même plus compter sur ma sœur, mais ça, ce sont les aléas de la vie, voire les a-Léa75. J'ai dû aller m'acheter toute seule une bague de fiançailles. J'ai galéré pour en trouver une pas trop chère, mais qui envoie du brillant. Ma *blague* de fiançailles…

Et hier, je me regardais dans ma robe de mariée. Maya et Laure avaient les larmes aux yeux. Moi aussi, mais pas pour les mêmes raisons. J'ai le cœur fripé comme une vieille pomme tombée de l'arbre. On est loin de la pomme d'amour et pourtant, je n'ai pas le choix, je dois convaincre Stéphane de m'épouser par tous les moyens.

*
* *

— Pousse-toi, Sunshine, c'est mon côté du lit, ça.

— *Ton* côté du lit, *ta* place dans le canapé, *ta* demi-heure aux chiottes…

— Tu trouves que je m'incruste ?

— Non, non, pas du tout, mais j'ai comme l'impression que tu es prêt pour le mariage.

— Ne parle pas de malheur.

— De malheur, tout de suite, les grands mots ! Tu ne serais pas prêt à m'épouser ?

— T'épouser non, mais épouser tes courbes…

Stéphane : 1 – Charlotte : 0.

*
* *

— Tu sais, Steph, j'adore quand tu mets tes cheveux en pétard comme ça.

— Ouais, mais il faut que je change de gel. Il est nul, celui-là. Quand il sèche, il devient blanc. On dirait que j'ai des pellicules. Regarde dans mon dos. Tu ne veux pas m'épousseter ?

— T'épouser ?!!

— Très drôle, vas-y, époussette-moi, s'il te plaît.

Stéphane : 4 – Charlotte : 0.

*
* *

— Stéphane, viens voir.

— Oui ?

— C'est quoi, ça, par terre dans le salon, mon chaton ?

— Mes chaussettes, ma chouquette.

— Et il faut que je les arrose pour qu'elles poussent ?

— Pas bête, comme ça je t'en ferai un bouquet.

— Parce que tu crois qu'elles sentent la rose ?

— Non, mais c'est plus original un bouquet qui sent le munster.

— Et tu me le balanceras à la figure le jour de notre divorce ?

— Encore faudrait-il qu'on soit mariés, ma beauté.

— Mariés ?! Tiens, c'est marrant, je n'y avais jamais pensé, mais… pourquoi pas ? Hein, qu'est-ce que tu en dis, Stéphane ? Stéphane ?

Stéphane : 9 – Charlotte : 0,5. (J'ai donné son acte de naissance à ma mère aujourd'hui, ça compte, non ?)

*
* *

— Classe, ta jupe ! Vert pomme, fallait oser.

— C'est vrai, t'aimes bien ? Tu trouves que ça se *marie* bien avec mon petit haut marron ?

— Ouais, ça se marie super bien.
— Steph ?
— Ouais ?
— … Non, rien.
Stéphane : 16 – Charlotte : disqualifiée.

Hé, ho ! Hé, ho ! Je rentre du boulot.

Je pousse la porte de mon immeuble, épuisée nerveusement et physiquement. Au journal, Paul est obligé de me répéter dix fois les mêmes choses. J'ai confondu Al Pacino et De Niro dans un article et, la semaine dernière, j'ai failli zapper mon interview avec Hugh Grant. À l'hôpital, c'est ma mère qui essaie de me faire rire en salle de chimio, alors qu'elle a les cheveux qui tombent par poignées et qu'elle a perdu six kilos.

Je viens de passer une heure à errer dans les rayons du supermarché, incapable de me rappeler ce que je devais acheter. Du coup, j'ai privilégié les terminaisons en -a : Coca, pizzas, Nutella, Corona. Je suis chargée comme un baudet du Poitou. Depuis un mois, Stéphane vit gentiment *Auffray* de la princesse et qu'est-ce qu'il bouffe ! Je n'ai jamais vu ça. C'est à croire qu'il a le ténia. Mais le pire, c'est que Martin me manque affreusement ! J'ai l'impression d'être dans « Un livre dont vous êtes le héros », d'avoir fait tous les mauvais choix et de ne pas être à la bonne page de ma vie.

J'arrive à mon étage, à bout de souffle. Nouvelle vague d'angoisse : ce soir, je présente Stéphane à ma mère. Après supplications, harcèlement et chantage, j'ai fini par céder. On dîne chez ma sœur qui trépigne aussi d'impatience. Je suis donc comme qui dirait… acculée. Il me reste une heure chrono pour apprendre à Stéphane qu'on va se marier et que ma mère a déjà tout organisé.

Je n'aimerais pas être à ma place.

J'ouvre la porte et disparais dans un nuage de fumée. Qu'est-ce que c'est que ces conneries ?! Il a mis le feu à l'appart ou quoi ? Je déboule dans le salon et me prends dans la gueule deux *baffles* de Marilyn Manson. Les bras m'en tombent et les courses avec. Vautrés dans le canapé, je distingue deux gorilles dans la brume : sweat à capuche et catogan, ambiance intermittents du spectacle. Je ne m'attendais pas à un poème de bienvenue, mais de là à trouver Stéphane, torse nu, assis en tailleur à effriter du shit… Agenouillée derrière lui, une altermondialiste lui masse les épaules. Ses bijoux ethniques et ses mèches tressées de laine balancent d'avant en arrière au rythme de la musique.

J'y vois comme un « massage » subliminal.

J'enjambe un chien (endormi ? mort ?) et éteins la musique. Mollement, ils se tournent tous vers moi.

— Tiens, Sunshine, articule péniblement Stéphane, les yeux mi-clos. Les mecs, c'est Sunshine… of my life. Cooooooool, des bières…

— Big up, marmonnent-ils en chœur.

Je traverse la pièce et ouvre la fenêtre en grand :

— Excusez-moi, mais je vais devoir…

— Je peux remettre la zic ? me demande l'un des gratteurs de mandoline.

— Toi, DJ Ridoo, t'es gentil : tu prends tes potes, ton clebs et tu… Mais c'est pas vrai ?! Qu'est-ce qu'il a entre les pattes ?!

Je me précipite sur le chien endormi et récupère du bout des doigts mon escarpin Louboutin mâchouillé.

Alors là, c'est la cerise sur le space cake !

— Vous trois, vous vous barrez avant que je fasse de ce chien une descente de lit ! Stéphane, tu as cinq minutes pour être présentable ! Je te rappelle qu'on dîne avec ma mère ce soir !

— Merde…

Il prend appui sur la table basse, se met debout en envoyant valser le cendrier sur le tapis et retombe aussi sec dans le canapé. Il fait une deuxième tentative, se stabilise et titube jusqu'à la chambre. Le Festival des Vieilles Charrues lève le camp en multipliant les gestes de non-violence. Je pousse tout le monde dehors, je claque la porte et vais voir dans la chambre où en est Stéphane. Sur la couette, il ronfle comme la bête du Gévaudan. Je donne un coup de pied dans le lit. Il grogne et se réveille ensuqué. Je le secoue.

— En plus, tu pues la vodka !

Il se rendort à moitié.

— Stéphane ! Ne m'oblige pas à te foutre sous la douche !

— Laisse-moi, je suis bien là.

Et moi, je suis bien dans la merde.

Je ne peux pas encore annuler ! Depuis un mois, je fais de la tauromachie pour éviter cette rencontre. Ma mère s'est même acheté une nouvelle perruque pour l'occasion. Delphine a dû mettre « les petits pieds dans les grands plats » ou quelque chose dans le genre… Non, je ne peux définitivement pas annuler !

Où est mon portable ?

— Allô, maman…

— Ma chérie ! Tu as oublié le code ?

— Non, non… En fait, tu vas rire, mais…

— Ah non ! Ne me dis pas que tu appelles pour annuler !

— Non, non, je saute dans un taxi et j'arrive, mais Stéphane ne se sent pas très bien…

— Tu veux dire que lui aussi a fait une chimio hier ?

— Non, bien sûr, mais…

— Allez, un suppo et on n'en parle plus. On vous attend.

*
* *

Ma sœur ouvre la porte, tout sourires. Derrière elle, ma mère piaffe tellement d'impatience qu'elle finit par la pousser.

C'est quoi cette perruque ? On dirait Tootsie !

— Oh ! Qu'il est beau, mon gendre ! Je vous imaginais tout à fait comme ça ! Entrez, ne restez pas sur le paillasson comme des Témoins de Jéhovah !

— Désolée pour le retard, mais…

— L'important, c'est que vous soyez là, mes chéris.

— Bon, bah, maman, Delphine, je vous présente…

— Stéphane Auffray, me coupe-t-il en tendant la main à ma mère.

— Oh ! Pas de chichis !

Ma mère le prend dans ses bras et l'embrasse.

— Maman, arrête, tu le broies, là !

— Excusez-moi, Stéphane…

— Ne vous excusez surtout pas, belle, si belle-maman, c'est un plaisir ! Delphine, je présume, enchaîne-t-il en faisant les yeux doux à ma sœur.

— En chair et à sang. Entrez, entrez. Mon mari n'est pas là, mais il va essayer de fermer le resto plus tôt pour nous rejoindre.

Delphine se penche à mon oreille et ajoute, amère :

— À moins qu'il ait d'autres projets.

Je compatis du regard.

Loïc tend une bouteille de vin à maman.

— C'est un petit cru du domaine familial, précise-t-il.

— Du domaine familial ?! s'étrangle ma mère.

— Oh, quelques pieds de vigne que nous faisons marcher du côté de Saumur.

— Je ne savais pas, s'illumine-t-elle.

Et moi, j'ignorais que c'était le roi de l'impro sur les grandes fortunes.

Je le fusille du regard, puis tape dans mes mains.

— Bon, on se le fait, cet apéro ? Delphine, besoin d'un coup de main ?

— Non, non, c'est bon.

— Si, si, je te suis.

Arrivée dans la cuisine, Delphine s'enflamme :

— Attends, il ne fait pas du tout ado ! Il est parfait !

— Ne t'attache pas trop, parce que c'est pas lui.

— Non ?! Ne me dis pas que c'est… le comédien ?

J'opine du chef en soupirant.

*

* *

Quand on revient dans le salon avec les rondelles de saucisson et les olives, ma mère et Loïc sont déjà entrés dans le vif du sujet.

— Stéphane, il nous reste six semaines pour tout boucler, j'ai absolument besoin de votre liste d'invités pour faire le plan de table.

Je m'assieds à côté de lui et pose une main sur sa cuisse pour pouvoir lui faire une petite pression en cas de débordement.

— Charlotte ne vous l'a pas envoyée ? Alors, Mamour…

— Non, c'est vrai… mais… c'est-à-dire que c'est vite fait de ton côté.

Loïc plisse les yeux :

— Vite fait ?

— Oui.

Il sonde mon regard et essaie de décrypter le télégramme que je lui envoie en battant désespérément des cils.

— Vas-y, Steph, tu peux leur dire.

— Que ?

— Que… que… que tu n'as pas de famille.

— Pas de famille, répète ma mère stupéfaite, comment est-ce possible ?

— Je… je suis orphelin, belle-maman, orphelin de père et de mère. Pupille de la nation, comme ils disent…

— Vous n'avez jamais connu vos parents ?

— Ma mère si, enfin… si peu. Quand j'étais minot, nous n'avions pas le sou. Pour subvenir à nos besoins, maman se prostituait, et quand elle a été trop décharnée pour faire commerce de son corps, elle s'est mise à vendre ses cheveux et ses dents.

J'écarquille les yeux. Ma main se crispe sur sa cuisse. Première pression à chaud.

— C'est affreux, souffle ma mère. Je suis désolée pour vous. Charlotte ne nous avait rien dit.

— Comment aurais-je pu ? Stéphane est d'ordinaire très, *très* pudique. D'ailleurs, je pense que c'est tout ce que vous saurez de lui ce soir. N'est-ce pas, mon amour ?

Je lui malaxe la cuisse à la limite de la brûlure indienne. Delphine vient à la rescousse :

— Très bon, ce vin. Je ressers quelqu'un ?

— Ah ! mais dites-moi, réalise ma mère, vous parliez tout à l'heure d'un domaine familial, vous avez donc encore un peu de famille ?

— Oui… enfin, si on peut appeler ça de la famille, mais je ne veux pas vous ennuyer avec ça, madame.

— Appelez-moi Annie et, pardon, mais vous en avez dit trop ou pas assez !

Je me lève.

— Trop ! Il en a déjà dit beaucoup trop ! On passe à table, Delphine, non ?

— En fait… Ce n'est pas encore tout à fait cuit.

Ah bon, tu trouves ?

— Chérie ! Rassieds-toi et laisse Stéphane s'exprimer !

Je retombe dans le canapé. Du regard, Loïc me demande la permission de continuer.

— Vas-y, mon amour, éclaire-nous sur cette histoire de domaine.

Je lui mets tellement la pression que je me retourne un ongle sur son jean.

— Hum… en fait, avant de mourir d'une… pneumonie, ma mère m'a confié à un couple de… viticulteurs qui m'ont exploité jusqu'à l'épuisement. Autant vous dire que je n'ai aucune envie de les inviter à notre mariage. Voilà.

Ma mère dodeline de la tête :

— Bien sûr, je comprends, seulement vous savez, l'épanouissement personnel passe souvent par le pardon. Peut-être que ce mariage pourrait être l'occasion de renouer avec eux.

— Oui… Enfin, non… C'est-à-dire qu'ils m'envoyaient chercher de l'eau au puits.

— Au puits ?! répète-t-on toutes les trois, sidérées.

— Oui, je me revois souffler sur mes engelures comme un misérable.

— Mon Dieu, mais c'est Zola !

Non, Victor Hugo, maman.

— Et des amis, Stéphane, insiste ma mère, vous avez bien des amis !

— Des amis ?

— Oui, des camarades, des collègues de travail, des fréquentations… ?

— C'est-à-dire que… j'avais une vieille bande d'amis, oui. De joyeux drilles. Je me souviens encore du dernier verre qu'on a pris la veille de leur départ pour la Thaïlande… en décembre 2004.

Ma mère perd ses bas.

— Non ?! Le tsunami ?!

Loïc hoche gravement la tête.

— Je dirais plutôt le tsun-ennemi. Depuis, l'amitié… disons que j'évite au maximum.

Je lis dans le regard brillant de ma mère autant d'horreur que de fascination. Je sais bien qu'elle a toujours adoré les faits divers. En revanche, je ne pensais pas que ce serait au point de gober ce tissu d'inepties. Est-ce que ça la distrait de ses propres malheurs ? Est-ce qu'elle a pris des cachets qui lui ramollissent le bulbe ? Le fait est qu'elle croit tout ce que lui dit ce guignol… De mon côté, définitivement, je n'ai aucun contrôle sur l'animal. J'interviens avant qu'il n'enterre d'autres potes sous les décombres des Twin Towers et de Fukushima.

— Oui, enfin, n'exagère pas, il te reste quelques amis et on va les inviter, hein, mon cœur ? Maman, je te donnerai leurs noms. Delphine ?

— Oui, oui, on va manger la salade en attendant.

Ma mère se lève.

— Je vais t'aider, chérie.

— Non, ne te fatigue pas.

— Ne t'inquiète pas, je me sens parfaitement bien ce soir.

Ma mère et ma sœur partent en cuisine. Je me retrouve seule avec la Comédia des Ratés.

— Merci, tu nous as bien plombé la soirée.

— Attends, je m'en suis plutôt bien sorti, non ?

— Non. À partir de maintenant, le mot d'ordre, c'est « simple » ! Tu fais simple, OK ?

Ma mère revient avec la salade.

— Stéphane, vous vous mettez à ma droite ?

— J'arrive, Annie, je cours, je vole !

J'avais dit simple, ce n'est pourtant pas compliqué !

*

* *

— Alors c'est sûr, Annie, insiste Loïc dans l'entrée en aidant maman à enfiler son manteau, vous ne voulez pas qu'on participe aux frais du mariage ?

— Lo… Stéphane, t'es lourd ! Puisque maman te dit que ça lui fait plaisir !

— Très plaisir, renchérit ma mère. En revanche, pour les éléphants, tenez-moi au courant.

— Mais non, maman, Stéphane a dit ça en l'air.

— C'est tout ma fille, ça ! Elle a la chance d'épouser un ami intime du Premier ministre indien et elle ne veut pas en profiter !

Loïc me lance un clin d'œil.

D'où ? Pourquoi ? Ce mec est dé-con-certant !

Assise en face de lui, je lui ai shooté dans les tibias pendant tout le dîner. Je ne comprends même pas comment il arrive encore à marcher.

— Je suis à moto, je vous raccompagne, belle-maman ?

— Vous ne rentrez pas avec Charlotte ?

Alors que je prends mon élan pour répondre, Delphine me double :

— Charlotte m'a promis de rester une petite heure pour m'aider à mettre en page les nouveaux menus. En plus, elle garde le chat de Laure en ce moment et Stéphane est allergique aux poils de chat.

Je la complimente du regard.

— Allergique, s'étonne ma mère, mais avec les tigres, ça ne vous gênait pas ?

— Ah ! ce n'est absolument pas le même poil, belle-maman ! De toute façon, j'ai quitté le cirque à vingt ans, et l'allergie s'est déclarée beaucoup plus tard… quand j'étais légionnaire.

— Légionnaire ?!

Tout excitée, ma mère réprime une bouffée de chaleur.

Si seulement je pouvais le mettre sur pause et elle sur méno-pause…

J'ouvre la porte.

— Allez, maman, le taxi t'attend en bas.

— Je vous accompagne, belle-maman.

Je m'approche pour lui claquer un pseudo-smack. Il me chope et me refait le baiser de l'Hôtel de Ville. Ma mère en est tout attendrie.

Elle me chuchote à l'oreille :

— Je l'a-dore !

— J'avais saisi.

Elle rejoint Loïc en sautillant. Delphine me pose une main sur l'épaule alors que l'ascenseur commence à descendre.

— C'est quoi ce mec, Charlotte ? Il en tient une couche…

— Stratosphérique. En attendant, il vient de se mettre maman dans la poche, en plus de trois cents euros.

— Trois cents euros ?! hallucine Delphine en refermant la porte derrière nous. Mais il va te prendre combien pour le jour du mariage ?!

— Rien. Ce n'est pas lui que j'épouse.

— Quoi ? T'épouses qui alors ?

— Pour l'instant, personne, mais j'ai encore l'espoir infime d'épouser Stéphane, Stéphane Auffray, l'ado prépubère qui est en train de cuver à la maison. J'ai déjà envoyé son acte de naissance. Quant au coup du mec qui me plante deux jours avant la cérémonie, c'est plus possible, je ne peux pas laisser maman se suicider la tête dans les petits-fours.

— OK, mais comment vas-tu faire pour lui changer son gendre sans qu'elle s'en aperçoive ? Tu comptes lui bander les yeux le jour du mariage ?

— Écoute, j'ai dû réagir dans l'urgence. J'ai déjà réussi à sauver cette soirée, chaque chose en son temps.

Delphine est choquée à la limite de l'admiration. Je lui réexplique tout, en long, en large et en travers…

… de la gorge.

*
* *

Je sors des toilettes et m'apprête à prendre le dernier métro. Debout devant la fenêtre, ma sœur surveille la rue.

— Il est quelle heure ? me demande-t-elle sans se retourner.

— Minuit et demi, pourquoi ?

— Tous les soirs, à minuit trente-cinq, Vincent sort de la bouche de métro. Quand j'ai de la chance, il rentre directement, mais la plupart du temps, il traverse la place… Viens, approche-toi. Tu vois le cybercafé là-bas ?

— Oui.

— Il y va souvent pour répondre à Léa75.

— Je t'avais dit de la faire disparaître !

— J'ai essayé, seulement il m'a donné du fil à recoudre : il m'a relancée cinq jours de suite, trois messages par jour. Je me suis laissé prendre à mon propre jeu. Il est fou d'elle. Tu verrais ce qu'il lui écrit… J'ai l'impression de retrouver le Vincent de nos premières années. Le pire, c'est que je suis en train de retomber affreusement amoureuse de lui.

— Et le jogging ? Il court toujours ?

Elle acquiesce tristement. Je soupire et enchaîne :

— Ça veut dire quoi, à ton avis ? Qu'il court deux lapines à la fois ?

— Il faut croire, enfin, peut-être, je ne… Le voilà !

Je me colle à la vitre. Vincent sort du métro et commence à marcher vers l'immeuble. Ma sœur se détend imperceptiblement. Il s'arrête, le cœur de Delphine aussi. On est toutes les deux hypnotisées. Il hésite, regarde sa montre et revient sur ses pas. Delphine se détourne de la fenêtre alors que Vincent traverse la place et entre dans le cybercafé.

L'enflure...

— Je m'y attendais, soupire Delphine, hier je lui ai envoyé un message. Léa75 lui a enfin donné rendez-vous pour qu'ils se rencontrent.

— Quand ?!

— Mardi prochain à 16 heures au Café de la Butte.

— Comment tu vas faire ?

— Attends, ça c'est la partie émergée de la forêt. Depuis des semaines, elle le pousse à quitter sa femme et ses gosses. Elle n'a accepté de le voir qu'à une seule condition : qu'il se fasse tatouer « Léa » sur l'épaule.

— Enfin, Delphine, t'as attaché au fond de la poêle ! Un tatouage ?!

— Réfléchis, c'est imparable : s'il s'est fait tatouer, c'est qu'il accepte de la rencontrer. C'est donc la fin de notre histoire.

— Il est censé lui répondre là, c'est ça ?

— Oui.

— Connecte-toi !

— Je ne peux pas, j'ai... j'ai trop peur de le perdre.

— C'est sûr que tu auras tout fait pour. Connecte-toi, je te dis !

— À quoi bon ? Je n'aurai jamais le courage de me pointer à ce rendez-vous. Tu ne veux pas y aller à ma place ?

— Non, je t'accompagnerai si tu veux, mais tu vas aller jusqu'au bout de tes conneries. Et puis, attendons de lire sa réponse surtout.

Delphine va chercher son ordinateur, le pose sur la table du salon et l'allume. En fond d'écran, Vincent apparaît rigolant dans un hamac avec leurs deux enfants. La photo achève Delphine, qui entre en catatonie. Je la pousse, m'assieds devant le clavier et vais sur Facebook.

— C'est quoi le mail ?

— Lea75@yahoo.fr.

— Et le mot de passe ?

— « Divorce ».

— Delphine, t'es grave.

Je vais dans la boîte de réception. Un nouveau message de… Vincent.

— T'es prête ?

— Non, mais vas-y.

Je clique : « À mardi, mon amour. »

Glurps…

— Châtellerault, Châtellerault, deux minutes d'arrêt.

Je descends sur le quai avec mes trois valises (une à la main, deux sous les yeux). Entre mon mariage galopant et l'histoire glauque de Delphine, je n'ai eu qu'une envie : me réfugier chez mon papounet, le seul de la famille à peu près heureux et équilibré. Je vais me faire chouchouter tout un week-end et, accessoirement, éviter d'avoir à répondre à toutes ces questions pour une championne comme :

— Est-ce qu'on ouvre le bal avec *Le Beau Danube bleu* ou *La Valse de l'Empereur* ?

— Combien de petits-fours doit-on prévoir par personne au cocktail ?

— Comment on fait avec mamie Jo ? On ne peut pas l'asseoir à côté de tante Odile !

— Pour les centres de table, tu préfères des roses roses ou des lys blancs ?

— Comment tu vas te coiffer ? Anglaises ou chignon banane ?

— Tu comptes mettre un voile ?

NON ! METTRE LES VOILES !!!

Et me voilà. Babette va nous préparer son filet mignon flambé au whisky, je vais ronfler dans de la plume d'oie, me réveiller au chant de la linotte mélodieuse et passer mes après-midi à lézarder au soleil… Bref, le temps d'un week-end, je vais arrêter de faire la girouette. À force de me demander si je me marie ou pas, si Delphine va divorcer et si Martin pense encore à moi (ou si je dois tourner définitivement la page de mon journal intime), je frôle la rupture d'anévrisme.

Personne sur le quai ? Tiens, ce n'est pas le genre de papa. Il doit m'attendre dehors dans son Austin Healey briquée pour l'occasion. Dans les escaliers, je galère avec ma valise qui est lourde comme si je n'avais pris qu'un aller simple. Personne non plus sur le parking ? Ça alors… J'appelle sur son portable puis sur celui de Babette. Messageries. Sur leur fixe. Ça sonne.

Mais y a jamais person qui y répond.

Bon. J'attends, assise sur les marches de la gare. Je me sens un peu comme le bout de gras qu'on laisse sur le bord de l'assiette. Au bout d'une demi-heure, je commence à sérieusement m'inquiéter. J'imagine le pire. Pourvu que cette vieille Anglaise ne se soit pas retournée dans un champ. Je finis par prendre un taxi. Pendant le trajet, je tourne la tête comme un périscope pour inspecter tous les ravins et les platanes. Dieu merci, en arrivant devant la grille, je vois l'Austin garée dans la cour. Je tends au chauffeur un biffeton de cinquante euros que j'ai un peu de mal à lâcher et je descends. À ce prix-là, il va m'aider à sortir ma « malle » du coffre.

Ah non...

Le taxi s'en va en me crachant sa fumée noire dans le nez. C'est bon, l'air de la campagne ! J'ouvre la grille et fais rouler comme je peux ma valise sur les graviers. J'aperçois Babette qui déboule dans la grande allée et avance vers moi, deux gros sacs noirs au bout des bras. À mesure qu'on se rapproche, je vois à ses traits tirés que je peux tirer un trait sur mon petit week-end gastronomique. Arrivée à ma hauteur, elle s'arrête et ouvre sa bouche en fente de tirelire pour m'annoncer l'impensable :

— Ton père me vire, Charlotte.

Je reste sans voix. Une voiture klaxonne derrière la grille. Je reconnais son fils. Hébétée, je lui fais un petit signe de la main qu'il me rend volontiers. D'une voix pincée, mon ex-belle-mère me souhaite un excellent week-end et le rejoint. Ils démarrent et s'éloignent sans même un dernier regard. Je soupire et reprends ma lente progression.

C'était une crème, cette Babette, comment il a pu la congédier ?

Mon père, ce grand barbu au regard si doux, m'accueille sur le perron en s'excusant de ne pas être venu me chercher. On s'embrasse comme du bon pain... rillettes et cornichons puisque c'est comme ça que ça se termine dans la cuisine.

— Je n'ai aucun reproche à faire à Babette, reconnaît papa en finissant son verre de rouge, mais le problème, c'est que je m'emmerdais. Elle manque tellement de fantaisie. Je finissais par être avec elle pour ne pas être seul. Elle ne méritait pas ça, la pauvre.

— Et, excuse-moi d'être terre à terre, mais comment tu vas faire, ici, tout seul, pour gérer les chambres d'hôte ?

— Je vais engager quelqu'un. En attendant, j'ai deux couples qui arrivent à 16 heures. Ça tombe très bien que tu sois là ce week-end.

Euh... tu penses à quoi ?

*

* *

— Tu peux me donner la taie pour le traversin, s'il te plaît, demande mon père en finissant de border le lit de la chambre jaune.

Je l'aide à l'enfiler.

— Le truc avec ta mère, c'est qu'elle est invivable. Cent fois j'ai eu envie de la passer par la fenêtre, mais en même temps qu'est-ce qu'on se marrait ! Son côté imprévisible, c'est bien simple : c'est son pire défaut et sa plus grande qualité.

— Ouais, c'est clair...

*

* *

— Fais attention, ma Lotte, il y a des épines sur celles-ci.

J'avance dans le champ voisin pour parfaire mon bouquet de quelques coquelicots. Mon père m'aide ensuite à enjamber la barrière et me prend le bras en traversant le jardin.

— Quand Delphine m'a appelé pour m'annoncer le cancer de ta mère, j'ai été anéanti. Ça m'a rappelé combien je tenais à elle. J'en viens parfois à me demander pourquoi on s'est séparés.

Je suis toujours un peu mal à l'aise quand il me ressort les stradivarius.

— Tu sais, papa, le nouveau protocole marche très bien. La tumeur a tellement diminué que les médecins se demandent même s'ils devront l'opérer.

— Je sais, je sais, mais ça m'a terriblement chamboulé. Quand je l'ai appris, je suis reparti quarante ans en arrière. Je t'ai déjà raconté notre rencontre ?

Mille fois.

— Non, je ne me souviens plus, vas-y.

— Elle attendait son petit ami de l'époque devant la bibliothèque Sainte-Geneviève. Je n'oublierai jamais son bandeau blanc, sa mini-jupe et ses grandes bottes. Un coup de foudre, ça ne s'efface pas comme ça.

— Non, c'est sûr...

— Tu sais si elle a quelqu'un dans sa vie en ce moment ?

— Papa, pitié...

*

* *

— Charlotte, reviens, tu as oublié le jus d'orange.

Mon père pose sur mon plateau les deux verres en soulignant :

— Fraîchement pressé !

Et moi, je suis franchement pressée d'aller me recoucher.

Il me la copiera, le petit déjeuner servi au lit à 8 heures du mat un dimanche ! Papa a sorti l'argenterie. Je monte à l'étage et frappe avec mon coude à la porte de la chambre bleue. Le plateau vacille. Le couple de touristes anglais m'invite à entrer. Je pose le plateau en équilibre sur ma cuisse relevée et ouvre la porte tant bien que mal. J'entre, le sourire endormi et la tignasse rebelle. Adossés à la tête de lit, raides comme des tapisseries, ils me dévisagent. Visiblement, je ne cadre pas avec l'idée qu'ils se faisaient du standing trois épis. Le seul qu'ils voient, c'est celui dressé sur ma tête.

— Good morning, m'adresse la femme dans sa chemise de nuit en papier peint Laura Ashley.

Je réunis les trois mots d'anglais que j'ai appris dans *Friends* :

— Good morning, madame. Where do I pose the breakfast ?

— Here, on the bed, thank you, me répond Big Moustache dans son pyjama rayé.

Je m'approche. Comme je tiens le plateau chargé de viennoiseries et d'Earl Grey fumant, je ne vois ni mon pied ni celui du lit. Les deux se rencontrent violemment. Je ravale un énorme cri en faisant valser l'intégralité du petit déjeuner sur mes hôtes. Les Rosbifs hurlent dans un anglais pas très catholique, voire très, très protestant ! Ils bondissent du lit et je découvre que le *husband* ne porte pas de bas de pyjama. Sa *wife* se cache *quickly* derrière une tenture raccord avec sa chemise de nuit, et lui se réfugie dans la *bathroom*. Son petit cul rougi par le tea et la honte restera dans mes annales.

Inutile de dire que mon père a été obligé de leur offrir le séjour. Malheureusement, ça ne les empêchera pas de nous tailler un costard en tweed sur tous les sites de chambres d'hôte.

*
* *

On finit le week-end au coin du feu. Pas rancunier, papa me sert un doigt de sa mirabelle distillée maison et s'allume un cigarillo.

— Alors, pour ouvrir le bal, tu as choisi *Le Beau Danube Bleu* ou *La Valse de l'Empereur* ?

Oh non, c'est reparti pour un tour de piste...

En quittant Paris, j'avais presque oublié cette histoire de mariage, mais il y a aussi quelque chose de pourri au royaume du Poitou. J'élude la question d'un haussement d'épaules, espérant ainsi me libérer de ce voile à la patte. Il insiste. C'est le moment rêvé pour le mettre dans la confidence. Pourquoi lui mentir à lui aussi ? Comme Delphine, il est en mesure d'adhérer à mon mensonge.

Tout en cherchant comment aborder le sujet, je m'attarde sur le pêle-mêle accroché à côté de la bibliothèque. Il y a des photos de maman, Delphine et moi à tous les âges... y compris l'âge ingrat. On est criblées d'acné sur celle de Noël. C'est bien simple, nos boutons clignotent en même temps que le sapin. Delphine a les bagues Joey Starr, j'ai le bandana Vanessa Paradis et maman a un brushing de *Dynastie*, bref les années 1980 dans toute leur laideur. Je m'apprête à tout lui balancer, mais quelque chose m'interpelle. Je balaie le salon des yeux et fronce les sourcils :

— Qu'est-ce que tu as fait du tableau de Rouard ? Tu l'as mis à l'étage ?

— Je te ressers un peu de mirabelle ?

— Avec plaisir, mais tu n'as pas répondu à ma question.

— Je m'en suis lassé, je l'ai revendu.

— Quoi ?! Mais c'était toute mon enfance, ce tableau !

— Eh bien, ce sera tout ton mariage… enfin, la moitié, puisqu'on partage les frais avec ta mère.

— Non ! Ne me dis pas que t'as fait ça, papa ?

— Rien n'est trop beau pour ma p'tite fée des bois ! Et puis, tu sais, on en a profité pendant vingt ans de ce tableau, il est temps de se faire de nouveaux souvenirs !

Moment rêvé, tu parles ! Impossible maintenant de lui révéler l'abominable vérité…

Mon père se lève :

— J'ai une petite proposition musicale à te faire.

Il se dirige vers son tourne-disque et pose le diamant sur un vinyle. Alors que je reconnais l'air de *Mon amant de Saint-Jean*, il s'approche de moi et me tend la main pour m'inviter à danser.

— Je n'ai pas valsé depuis le mariage de ta sœur,

imagine comme ton vieux père est rouillé ! Il va falloir qu'on s'entraîne.

Je me retrouve à danser la valse avec mon père au milieu du salon. Rien ne va plus, les jeux sont faits, et moi aussi…

… *comme un rat.*

— Il est quelle heure ? radote Delphine, qui a définitivement bugué.

— 16 h 05. Tu vois, je t'avais dit qu'il ne viendrait pas. Elle me gratte, la perruque de maman !

On est en planque sous un porche comme des agents d'Inter-*popol*. Je passe une tête dans la rue, baisse mes lunettes noires et checke l'entrée du café pour la énième fois.

— Tu vois quelque chose ?

— Non. Allez, Delph, on se barre. On ne va pas… merde.

— Quoi ?

— Il est là.

— Oh non, c'est pas vrai… Je ne me sens pas bien. Il faut que je…

Elle s'assied par terre, blanche comme un linceul.

— Je ne peux pas y aller, halète-t-elle, je ne peux pas… Qu'est-ce qu'il fait ?

— Il est entré dans le café.

— Et ?

— Il prend une table contre la vitre.

— Je crois que je vais vomir.

Je ne reconnais pas Vincent. Il a les yeux pochés de fatigue et tient à peine en place.

— Pourquoi tu ne dis rien, Charlotte ? Qu'est-ce qu'il fait ?

— Il regarde sa montre et… Attends… Ah ! il commande quelque chose au serveur.

— Il commande quoi ?

— Bah, je ne sais pas. Je ne lis pas sur les lèvres.

En revanche, je peux lire sur son visage qu'il attend fébrilement Léa75.

— Tu vois son bras ? Il a un tatouage, un pansement, quelque chose ?

— Je ne sais pas. Je suis trop loin et puis il n'est pas en débardeur.

— Il est habillé comment ?

— En bleu de travail avec un casque jaune.

— Non ?!

— Bah non, il porte un jean et un tee-shirt.

— Quel tee-shirt ?

— Je ne sais pas, Delphine, quelle importance ?

— Quel tee-shirt ?

— Bleu avec un dessin dessus, mais comme il est un peu de profil, je n'arrive pas à voir ce que c'est. Un visage peut-être…

— Oh non ! Clint Eastwood ?!

— Ah oui, exactement, c'est l'inspecteur Harry.

— Quelle horreur, c'est le tee-shirt dans lequel il se trouve le plus beau. C'est le bouquet qui fait déborder le vase. Viens, je t'en prie, on s'en va.

— Delphine, cette situation commence à devenir ridicule. On n'est pas venues pour faire du théâtre de rue, tu te lèves et tu vas le voir pour en avoir le cœur net.

Ou brisé, selon.

— Je ne peux pas, vas-y en premier, ça me rassurera de te savoir dans le café au cas où je m'effondrerais.

— Si je te laisse, je suis sûre que tu ne viendras pas.

— Mais si, donne-moi deux minutes. Je me rassemble et j'arrive.

— D'accord. J'y vais en éclaireuse, mais dès que je suis à mon poste, tu rappliques. Promis ?

— Promis.

Je boutonne le col montant de mon manteau, réajuste ma perruque, mes grosses lunettes, et sors du porche, incognito. Je traverse la rue avec une démarche étudiée de secrétaire trilingue. Je pousse la porte du café et, comme je ne vois rien avec ces lunettes noires, percute le serveur qui apporte une bière à Vincent. Le plateau vole et le demi se renverse sur mon beauf, qui bondit en arrière. Je prends une voix de fausset :

— Je suis vraiment désolée, jeune homme.

— C'est bon, ça va, dit-il agacé en se rasseyant.

J'attrape le torchon du serveur et commence à tamponner le visage de Dirty Harry en palpant astucieusement l'épaule de Vincent.

— Aïe !

— Je vous ai fait mal ? Je suis confuse. Je…

— Ça va, je vous dis ! aboie-t-il en se tenant l'épaule.

— Excusez-moi encore.

Je choisis une place dans la ligne de mire de Clint Eastwood. D'ici, j'ai une vue imprenable sur le bout de pansement qui dépasse de la manche de Vincent. J'appréhende la scène qui va suivre. Depuis toujours, je pensais que si l'amour se mesurait, leur couple aurait servi de mètre étalon. Et voilà qu'ils se retrouvent à mi-chemin entre un vaudeville et une tragédie grecque.

— Je vous sers quoi, madame ?

Je marmonne dans mon col :

— Mademoiselle. Un café, s'il vous plaît.

— Vous pouvez enlever vos lunettes, vous savez, mon collègue vous a reconnue.

— Pardon ?

— Vous êtes Mylène Farmer, c'est ça ?

— Mylène Farmer ?! Pas du tout.

— Oh ! Vous pouvez me le dire à moi.

— Je vous le dis : ce n'est pas moi.

Je lance un coup d'œil à Vincent. Il nous regarde. Je chuchote au serveur :

— Écoutez, j'ai un début de conjonctivite, je ne peux pas retirer mes lunettes, mais je vous assure…

— D'accord, j'ai compris…

Il s'en va en marmonnant :

— Bonjour le melon.

À mon grand soulagement, Vincent se désintéresse de la scène. Il tourne la tête vers la rue et se fige. Delphine est en train de traverser. Elle pousse la porte et se plante devant lui. Ils se dévisagent en silence. L'émotion est palpable. Telle Super Jaimie, j'affûte mes tympans et entends ma sœur balbutier :

— Qu'est-ce que tu fais là ?

— Et toi, Delphine, qu'est-ce que tu fais là ?

— J'ai posé la question en premier. Tu attends quelqu'un ?

— Oui.

Delphine s'assied sans y être invitée et attaque d'une voix blanche.

— Qui ? Celle à qui tu rends visite tous les mercredis, 3 rue Vavin ?

— Non, « elle », c'est mon psy, et j'évite de voir ce grand moustachu en dehors de son cabinet.

Sa réponse désarçonne ma sœur, mais elle se remet vite en selle.

— Qu'est-ce que tu t'es fait au bras ? Tu t'es blessé ?

Il la fixe, l'œil fiévreux.

— Non, je me suis fait tatouer.

— Ah…

Delphine est livide.

Le serveur m'apporte mon café et me demande de le régler tout de suite. Ce grand con me gâche la vue. Je lui tends deux euros et me débarrasse de lui…

… sans contrefaçon.

Delphine est au bord de la syncope.

— Je crois qu'on n'a plus rien à se dire.

Vincent la retient par le bras, relève sa manche de tee-shirt et commence à dérouler la bande, et c'est toute leur vie qui se déroule sous mes yeux : la première fois qu'elle l'a présenté à la famille ; le « Oh que oui !!! » de Vincent devant l'autel ; les travaux avant l'ouverture de leur resto, Delphine en salopette enceinte jusqu'au cou en train d'accrocher l'enseigne et Vincent torse nu pétant une cloison à coups de masse ; son coup de fil au petit matin pour nous annoncer en sanglotant la naissance d'Aurore et quand Doudou est né ! Je le revois danser avec les sages-femmes… Fin de la bande. Vincent la pose sur la table. Je ne veux pas voir ça. Je ferme les yeux, brûlant la dernière image de leur film en super-huit.

Quand je les rouvre, Delphine est en larmes. Je ne cherche pas à comprendre, je me lève et fonce sur Vincent pour le dépecer. Contre toute attente, Delphine se penche au-dessus de la table, prend le visage de son homme et l'embrasse.

Oups !

Je pivote à quatre-vingt-dix degrés au ras de leur table, manque de perdre l'équilibre, avance jusqu'à la porte et sors.

J'ai dû louper un épisode, voire une saison entière.

Je m'approche discrètement de la baie vitrée. Discrètement ou pas, de toute façon, ils sont en train de s'embrasser fougueusement comme en terminale. Je me ventouse à la vitre comme un poisson-nettoyeur et, là, je comprends. Tatoué sur l'épaule de Vincent, je lis : DELPHINE FOR EVER.

J'en ai les larmes aux yeux.

Tel que je vois les choses, dès les premiers messages, Léa75 a dû se griller en lui écrivant :

« Mon amour, il faut que tu prennes le taureau par la racine et que tu quittes ta femme. C'est un choix difficile à faire, je sais, mais on ne fait pas d'omelette sans casser la croûte. »

Avant de passer pour un vieux travelo qui vit par procuration, je m'éloigne, retire cette perruque pleine de poil à gratter et m'allume une clope. En pensant à toutes ces semaines où Vincent a joué le jeu pour sauver leur couple, j'ai un sourire triste. Il y avait quelque chose dans cette affaire qui égoïstement me rassurait. Je me disais que le temps aurait eu raison de Martin et moi de toute façon, puisque même la plus jolie histoire d'amour finissait par se déliter et faire souffrir, la preuve… du contraire.

— Charlotte, prends ton lance-roquette !

— Occupe-toi de tes zombies !!!

Stéphane canarde tout ce qui bouge. Des bouts de chair sanguinolente viennent s'écraser sur l'écran. Depuis un mois, c'est « Wargames » à la maison. On passe nos soirées à dégommer des mercenaires, le joystick à la main.

Le temps passe, les jours se suivent et se ressemblent… malheureusement. Je suis en lâcher-prise, pour ne pas dire en *lâcheté*-prise. De toute façon, depuis que Martin est parti, ma vie n'a plus aucun goût. Alors, perdue pour perdue, je fais n'importe quoi. Tout le monde est sûr que je me marie dans dix jours… même moi. J'ai un peu surestimé mon pouvoir de séduction en anticipant la demande de Stéphane. Je pensais que ça viendrait, mais je me suis mis le doigt dans l'œil, cette saloperie de mauvais œil qui me poursuit. Partie comme je suis, je vais me voiler la face jusque devant le maire, où je serai seule à attendre un mari qui ne viendra pas. Rien de grave : une humiliation publique et une mère à réanimer.

J-10. L'étau se resserre, et je suis incapable de réfléchir. Il faut dire que je m'enfume quotidiennement la tête avec Stéphane, ce qui ne m'aide pas à avoir les idées claires. À mes rares moments de lucidité, j'envisage de me faire tatouer sur le corps le plan de la mairie pour pouvoir m'évader quand la réalité me rattrapera.

— Charlotte, tu vois bien que tu n'as plus de munitions !

— Si, il me reste une balle.

Si seulement je pouvais faire tourner le barillet, braquer l'arme sur ma tempe et tenter de mettre fin à ce mariage au bout de l'enfer.

Ouh là ! Ça ne me réussit pas les jeux de guerre.

Je mets sur pause.

— Sunshine, qu'est-ce que tu fais ?

— Je souffle deux secondes, tu permets ? Il faut que je m'aère ! Tu ne veux pas qu'on sorte, Steph ? Qu'on aille au cinéma, au resto…

— Ou chez des potes à toi ? C'est bizarre, j'ai l'impression que tu me caches depuis des semaines.

— N'importe quoi.

— Attends, pour ta mère mea-culpa, mais tes potes, ta sœur… T'as honte de moi ?

— Pas du tout, c'est que…

… ils sont très pris par la préparation de notre mariage.

— … ils ont leur vie et que je les vois moins en ce moment, c'est tout.

— Bien sûr… Tu crois que je n'ai pas compris peut-être ?

— … ?

— Je te suffis. Tu veux ton Steph rien que pour toi. Tu as peur que tes copines tombent raides love.

— Ah… c'est ça, exactement.

Je le regarde.

La vie est mal faite, c'est typiquement le mec avec qui j'aurais rêvé d'être à dix-sept ans : drôle, beau gosse, léger, super… ficiel.

— Tu veux que je t'emmène dîner, Sunshine ?

— Oui, je veux bien.

Ça sonne à la porte. Je fronce les sourcils. Il va ouvrir.

— Qu'on est cons, Sunshine : on avait oublié les pizzas. On ira fluncher demain. Dis, t'as pas de la monnaie ? Il me manque dix euros !

— Regarde dans mon sac, il doit traîner dans le couloir.

Stéphane referme la porte et revient dans le salon avec les pizzas.

— Qu'est-ce que c'est que ces conneries, Charlotte ? Tu te maries ?!

Je déglutis :

— Non… Enfin si… Comment tu le sais ?!

Il me montre le dessin de ma robe signée par la styliste. Je raccroche les wagons : Laure me l'a offert aujourd'hui quand on a déjeuné ensemble.

— Il y a écrit « robe de mariée, Charlotte Malère ». Je sais que j'ai fait sport-études, mais quand même… Avec qui tu te maries ?

— En fait… Euh… je ne sais pas encore.

— Comment c'est possible ?

— Comment c'est possible… alors… en fait… Bon, *grosso modo*, le jour où ma mère m'a appris qu'elle était très malade, j'ai cherché LA nouvelle qui pourrait lui changer radicalement les idées et, sur un coup de tête, j'ai inventé un mariage avec un mari fantôme. Ensuite, une chose en entraînant une autre, je n'ai pas eu le cœur de la décevoir.

— Mais tu m'as dit que les résultats étaient hyper encourageants et qu'elle allait peut-être même pas se faire opérer…

Ça m'apprendra à dire la vérité.

— Je t'ai menti. En fait… elle est mourante.

— Quoi ? Attends, je ne comprends plus rien.

— Il n'y a rien à comprendre. Elle rêve de marier sa deuxième fille, de la savoir heureuse, casée. C'est sa dernière volonté… avant de mourir… dans un mois.

Je me dégoûte.

Stéphane pose les pizzas sur la table et s'échoue sur une chaise.

— Mais c'est horrible. Comment tu vas faire ?

— Je vais trouver une solution, t'inquiète pas, je vais m'en sortir.

— Sunshine ?

— Oui.

— Je crois que j'ai une idée.

— Ah oui ?

— Ouais et, franchement, c'est de la balle !

— Je t'écoute !

— Et si… merde, j'ai oublié.

Je suis suspendue à ses lèvres, en rappel.

— Ne bouge pas, ça va me revenir.

J'ai un mousqueton qui lâche.

— Attends, attends, le truc, c'est que l'info passe hyper vite dans ma tête et que je n'arrive pas à l'arrêter.

Je fais Cliffhanger *au-dessus du vide.*

— Ça y est, je l'ai ! Et si tu m'épousais, moi !

— Toi ?! Mais je croyais que tu détestais le mariage !

— Qui parle de mariage ?

— Toi.

— Non, mais je veux dire, on ferait un mariage blanc, pas un mariage *en blanc.*

La *Neuvième Symphonie* de Beethoven explose dans ma tête. J'ai l'impression de remonter des profondeurs, guidée par une lumière aveuglante. Je vais enfin pouvoir respirer. J'exulte intérieurement, même si extérieurement, je monte encore par paliers :

— Mais je ne peux pas te demander ça.

— Si, tu peux… Tu me diras, ça dépend, c'est quand ?

— Samedi, dans dix jours.

— Fuuuuuck, ça tombe mal.

— Pourquoi ?!

— Je serai en plein tournage pour France 2, tu sais, la déco du téléfilm dans le Lubéron.

— Oh non…

— Attends, c'est le combien exactement ?

— Le 21 juin !

— Ah non, ça commence le 24, donc c'est bon.

— Mais, c'est bon… euh… t'es sûr ? On parle de mariage…

— Et alors, c'est une bonne occasion de faire la fête, non ? On divorcera après. Par contre, je te préviens, je suis fauch'man.

— T'occupe, tout est arrangé, mais tu vas prévenir tes parents, tes amis…

— Peut-être quelques potes, mais mes vieux, c'est obligé ?

— Non, non.

— Cool parce que mon daron, niveau alcool, ça fait longtemps qu'il est plus en rodage. Il faudrait qu'il fasse une cure de désintox pour tenir debout à la mairie.

— Ah… mais… euh… c'est incroyable ! Tu ferais ça pour moi ?!

— Pour toi, et surtout pour ta mère. Écoute… Je peux te dire un truc ?

— Tout ce que tu veux.

— Faut vraiment que tu te détendes, Sunshine, t'es trop stressée. Si c'est que ça le problème, c'est réglé.

Je suis enfin propulsée à l'air libre. Je respire à pleins poumons : toutes mes petites alvéoles chantent l'*Hymne à la joie* !

Stéphane ouvre le carton de sa pizza et tape du poing sur la table :

— Meeeeerde !

— Quoi ?!

— J'avais dit sans pepperoni !

Ce mec est stupéfiant… dans tous les sens du terme.

Le chauffeur du bus fait une embardée. Je me cogne à la barre, mais je m'en cogne. Je suis tellement heureuse d'avoir enfin un mari que je pourrais faire un numéro de lap dance. J'ai rendez-vous avec Maya pour l'apéro. Que c'est bon, à trois jours du mariage, de pouvoir à nouveau regarder tout le monde en face ! J'appuie sur le bouton et me fraie un chemin jusqu'à la sortie. Les portes s'ouvrent. Paul, Laure, Maya, Delphine : toute la bande est là, une bouteille de champagne à la main ! Je leur saute dans les bras. Maya s'excuse, mal à l'aise :

— On sait que tu n'aimes pas les enterrements de vie de jeune fille…

Je l'embrasse, extatique.

— Tu rigoles ! Merci ! Je suis tellement heureuse de vous voir tous !

C'est mon moment Nutella. J'en fais des tartines sur mon futur mari, que j'ai hâte d'enfin leur présenter. Paul débouche la bouteille, tandis que Delphine sort des coupes en plastique. Ils m'entraînent dans un pèlerinage champagnisé de la rue Mademoiselle à la rue

Madame. On finit par s'arrêter devant un petit cinéma d'art et d'essai. Paul me fait une révérence.

— Le cinoche de mademoiselle est avancé. Exceptionnellement privatisé pour ses beaux yeux ! Si elle veut bien se donner la peine…

Alors là, chapeau Borsalino !!!

Je traverse le hall tapissé d'affiches mythiques. Louis de Funès m'accueille en vieux complice, Paul Newman me sourit, Marlon Brando me lance une œillade incandescente, Cary Grant me drague ouvertement… On entre et on s'installe au milieu de la salle, dans les fauteuils en velours rouge. Assis devant moi, Paul se retourne et pose un coude sur le dossier élimé :

— Amis de « La Dernière Séance » bienvenue ! Au programme, ce soir, *Elle et lui*…

J'exulte :

— Je ne l'ai jamais vu sur grand écran !

— Mademoiselle, s'il vous plaît, eddy-mitchellise Paul, *Elle et lui*, donc, est une comédie romantique de 1957 réalisée par Leo McCarey et interprétée par Cary Grant et Deborah Kerr. Il s'agit d'un remake scène par scène du film *Elle et lui* – en version originale, *Love Affair* – réalisé dix-huit ans plus tôt par Leo McCarey lui-même, avec Irene Dunne et Charles Boyer, notre French lover. Sachez, avant que la projection commence, que nous allons voir ce soir l'un des plus grands films d'amour de tous les temps d'après l'American Film Institute. Voilà, bonne…

— Excuse-moi, Eddy, intervient Laure, on n'avait pas dit qu'on grignoterait un truc avant ?

— Ah si, pardon.

Paul tape deux fois dans ses mains. Sa Sandra apparaît costumée en ouvreuse.

— Bonbons, chocolats, crèmes glacées !

C'est la nuée de criquets sur sa panière. J'ai l'impression que Maya fuit mon regard comme si elle me cachait quelque chose, mais je chasse cette idée en avalant une poignée de M&M's.

— Je vous laisse, nous dit Sandra après avoir embrassé Paul.

Je la rattrape par le bras.

— Merci, Sandra, mais tu ne restes pas ?

— J'aurais adoré, mais je suis de garde.

Elle ferme la porte en sortant. Le projectionniste éteint les lumières et lance le film. Je déballe mon cône avec une petite pensée pour mon futur marijuana, et je me cale dans mon fauteuil.

*

* *

La salle se rallume alors que le générique de fin défile sur l'écran. Mon humeur s'est brusquement assombrie. J'ai une boule dans la gorge.

— Ça va, Charlotte ? me demande ma sœur.

— Ouais, ouais. J'adore ce film… C'est vraiment… Ils s'aiment quoi, ça fait rêver.

— Ouh là ! s'inquiète Laure. C'est flippant pour une fille qui se marie dans trois jours.

— Tu n'es pas amoureuse de Stéphane ? me balance Maya comme une délivrance.

— Euh… si, si.

— Ce n'était peut-être pas une bonne idée, ce film, s'excuse Paul à demi-mot, j'avais oublié l'accident de la fin.

Silence gêné. C'est vrai que le parallèle entre le héros et Martin est saisissant… et douloureux.

— Tu as eu de ses nouvelles récemment ? se risque Laure.

— Aucune. J'imagine qu'il est toujours dans son ONG au Mexique.

— Tu penses encore à lui, se risque Paul.

— Ça fait trois jours que je fais le même cauchemar. Je suis face à un grand miroir en robe de mariée. Maman lace mon bustier et je ne sais pas pourquoi, mais je suis triste, tellement triste… Je dois me marier avec un homme dont le visage est flou. Maman me dit : « Souris, mon petit rat, c'est censé être le plus beau jour de ta vie… » Et tout à coup, je me mets à courir en tenant ma grosse robe blanche. Je cours à travers la forêt, les bois, les champs. Ma robe s'accroche dans les ronces, se déchire, mais je continue à courir. Essoufflée, j'arrive à la nuit tombée dans la maison de campagne du père de Martin. Il donne une grande réception. Affolée, en nage, je cherche Martin des yeux. Je l'aperçois, fonce sur lui, ma robe en lambeaux, et je lui dis qu'il peut encore tout arrêter, que je ne veux pas me marier avec un autre que lui, mais que d'abord, il faut qu'il me dise qu'il m'aime…

Dans le silence du cinéma, mes larmes se mettent à couler.

— … Il me regarde, désemparé et se met à articuler « Je t'aime », mais aucun son ne sort de sa bouche…

Laure me tend un mouchoir. Je m'essuie les joues et reprends en hoquetant :

— … Je lui dis que je n'entends rien, qu'il faut qu'il me le dise plus fort pour que ça marche, il faut que je l'entende ! Il recommence. Je vois les veines de son cou saillir. Il a beau hurler, c'est comme s'il était muet. Je le regarde et je comprends qu'il ne peut pas me retenir. Alors… Alors je repars et là, je sens quelque chose en moi glisser, s'enfoncer dans un trou… un trou sans fond… quelque chose comme un chagrin inconsolable et… je me réveille.

Un ange passe avec du plomb dans l'aile. Paul se jette à l'eau.

— Charlotte, tu es encore amoureuse de Martin, tu ne peux pas épouser Stéphane.

J'explose :

— Mais je serai *toujours* amoureuse de Martin ! Ce n'est pas ça, le problème ! Le problème, c'est qu'il a choisi sa vie et que ce n'est pas la mienne !

— Excuse-moi, intervient Laure, mais je te rappelle qu'il a essayé de te récupérer à ton retour d'Inde. Il faut que tu le revoies avant le mariage, que tu lui dises que tu l'aimes encore.

— Ah ouais ? Il est au Mexique, je fais comment ? De toute façon, à quoi ça servirait ? À l'heure qu'il est, il doit siroter une caïpirinha et se taper une meuf avec un cul d'enfer, des seins comme des obus et un maillot brésilien irréprochable.

— D'abord, il est au Mexique, souligne Paul, pas au Brésil, et puis, une ONG, ce n'est pas le Club Med.

— Si tu veux, mais… de toute façon, je ne sais même pas pourquoi on parle de ça. Je vais épouser Stéphane. C'est un mec super…

— Dommage qu'on ne puisse pas encore en juger, me coupe Laure.

— Je vous ai dit que j'allais vous le présenter ! Jusqu'ici, il était…

Longtemps contre le mariage.

— … tout le temps parti…

Défoncé.

— … en repérage, en tournage… mais ce sera la surprise comme ça. Vous allez voir, vous allez l'adorer !

Maya se tortille sur son fauteuil. Je passe à l'offensive :

— Qu'est-ce que t'as, Maya ? T'es là à grimacer depuis tout à l'heure ! Vas-y, accouche !

— Écoute… Voilà, je suis passée chez toi hier pour t'apporter les menus du mariage et… j'ai vu Stéphane.

— Et alors ?! s'exclame Laure. Il est comment ?!

Maya me regarde, très gênée.

— Il est charmant, c'est sûr, mais comment dire… il m'a un peu draguée.

Malaise général. J'essaie de détendre l'atmosphère.

— C'est un séducteur. Il est resté un peu ado, c'est ce qui fait son charme.

Delphine sort de ses gonds :

— Je suis obligée de taper du poing sur les i ! Tu ne peux pas l'épouser ! En fait, c'est une énorme connerie !

Je la foudroie du regard. Elle qui sait tout, elle qui me soutient depuis le début, elle ne manque pas d'air de me dire ça à trois jours du mariage ! Je peux comprendre que le tatouage sur le biceps de son homme lui ait redonné le goût du *forever*, mais…

Voyant que ma propre sœur me lâche, j'implose ! Je ne peux plus garder tout ça pour moi, j'explique dans les moindres détails à mes potes de toujours l'engrenage dans lequel j'ai coincé mon voile. Les bras leur en tombent. Pendant ma confession, Delphine m'encourage du regard. À la fin, ils se mettent tous à manifester leur incompréhension, leur indignation, leur compassion dans un brouhaha incompréhensible. Je lève la main pour les faire taire :

— La discussion est close, de toute façon, c'est trop tard. Je pense à maman et j'ai besoin que vous soyez avec moi.

Delphine lève timidement la main. Je lui donne la parole :

— Je te rappelle que maman s'attend à voir le comédien le jour du mariage. Tu comptes demander à Stéphane de faire un peu de chirurgie esthétique ?

— Ils sont tous les deux bruns aux yeux clairs, si tout le monde s'accorde à le reconnaître, maman pensera qu'elle est fatiguée par son traitement et que sa mémoire flanche. De toute façon, à la mairie, je ne peux épouser que le vrai « Stéphane Auffray », pas un mec dont c'est le nom de scène. Ça risque de frotter un peu sur les bords avec maman, mais ça passera.

— Tu crois ? me demande Paul, dubitatif.

— Je ne crois pas, j'espère.

Au volant de son Austin Healey, mon père me fait un clin d'œil dans le rétroviseur.

— Comment va ma petite princesse à l'arrière ?

Assise à côté de lui, ma mère contre-attaque :

— Et la mienne ?

— Je vais très bien.

Très bien, mon cul ! Je suis tellement serrée dans mon bustier que j'ai les côtes plantées dans les poumons, et avec tous ces froufrous j'ai l'air d'une omelette norvégienne. En plus on cuit dans cette voiture ! Cela dit, c'est ma faute, je n'ai pas voulu qu'on décapote. Avec ma baraka, mon voile se serait pris dans une roue arrière, m'aurait arraché le cuir chevelu et on aurait dû faire le vin d'honneur aux urgences. Enfin, si vin d'honneur il y a, vu que je suis sans nouvelles de mon mari. La dernière fois que j'ai vu Stéphane, il était sous la douche et devait nous rejoindre chez ma mère. Il n'est jamais venu. Il est injoignable, et je trouve encore le moyen de m'en étonner. L'optimisme à ce niveau-là, ça frise la démence précoce.

— Ce que tu es belle, ma fille, avec ces marguerites

dans les cheveux, s'extasie mon père. Une fleur parmi les fleurs ! Tout le portrait de sa mère !

— Oui enfin, de sa mère au même âge, rectifie maman.

— Arrête un peu, tu n'as jamais été aussi radieuse.

— N'importe quoi, rougit-elle.

— Si, je t'assure.

Il entérine son compliment d'un regard malicieux.

— Dis-moi, Annie, c'est bien toi qui as fixé la date du mariage ?

— Oui.

— Tu peux me le dire, maintenant : tu as fait exprès de choisir le 21 juin ?

— Pas du tout, le coupe ma mère sur la défensive.

Je tique :

— Pourquoi ? C'est une date particulière ?

— Très particulière. Aujourd'hui, on fêterait nos quarante ans de mariage.

— Quoi ?! Maman, tu l'as fait exprès ?

— Absolument pas ! C'était la seule date de libre en juin. C'est un pur hasard.

— D'accord, d'accord, mais Annie, avoue que la vie est amusante.

— Bon, je l'admets : quand je m'en suis rendu compte, l'idée… ne m'a pas déplu.

Je lève les yeux au ciel, alors que mon père sourit comme un idiot.

— Je serais ravi de fêter ça ce soir avec toi, continue-t-il. Tu m'accorderas une danse ?

— Une seule ? relève-t-elle.

— Autant que tu voudras, Nanouche.

— Papa, concentre-toi un peu sur la route ! Tu viens de griller un feu, là !

Je ne sais pas pourquoi je m'égosille. Je suis clairement la cadette de leurs soucis.

— Ça marche, tes chambres d'hôte, Henri ?

— Formidablement bien. Avec les beaux jours qui reviennent, on ne désemplit pas. J'ai finalement réussi à faire ce que je voulais : j'ai agrandi la buanderie et aménagé une chambre, tu sais, dans le pigeonnier. Tu pourrais venir t'y reposer, si ça te dit.

— Ce serait avec plaisir, mais je ne suis pas sûre qu'Élisabeth voie ça d'un bon œil. Tu sais, si elle n'a pas voulu venir aujourd'hui, c'est bien que…

— C'est fini avec Babette.

— Ah ?

Ah non ! Ils ne vont pas remettre ça ! En plus, quelle comédienne, je lui avais déjà dit pour Babette ! Je la connais par cœur, leur tragédie musicale : dans deux secondes, il va lui chanter *Non, je n'ai rien oublié…* et dans huit heures, maman va lui hurler *Je suis malade*. Ça sent le fait divers : bal tragique au Chalet des Îles, une morte… de honte : Bibi pour vous servir.

— Papa ! Attention, tu n'arrêtes pas de dépasser la ligne blanche !

— Oh, tu ne serais pas un peu tendue, ma Carlotina ?

— Pas du tout. Tu peux ouvrir un peu ta fenêtre, s'il te plaît, on rissole dans cette voiture.

J'ouvre ma petite pochette blanche, sors ma poudre

et m'éponge. Mon père pile à un feu. Ma poudre m'échappe des mains et tombe au ralenti sur ma robe.

Meeeeeeeeeerde !

C'est l'étincelle qui met le feu au poudrier. Je pousse un râle de désespoir en donnant un grand coup sur l'appuie-tête de ma mère.

— Qu'est-ce qui t'arrive ?! panique-t-elle.

Je me mets à chouiner :

— Je viens de tacher ma robe ! C'est nul ! Je suis nulle ! Tout est nuuuuul !

— Mais non, montre. Oh, mais ce n'est rien. Ne t'inquiète pas, je vais te nettoyer ça dès qu'on arrive.

Je pleurniche de plus belle :

— Rien ? Mais c'est affreux, regarde. On a l'impression que quelqu'un s'est torché avec ma robe.

Mes parents partent d'un fou rire. Je croise les bras avec une moue boudeuse.

De toute façon, même le mari s'en torche de ce mariage.

Je décroche mon portable. Cette fois, je vais lui faire sauter les tympans ! À force de l'appeler en boucle, ma batterie va me lâcher, elle aussi. Je tombe à nouveau sur sa boîte vocale.

— Stéphane, on avait dit 10 heures chez maman ! On t'a attendu ! Qu'est-ce que tu branles ?! Je t'avais demandé d'aller chercher ton smoking chez ton témoin *hier* ! Si vous êtes en train de comater chez lui, je ne te le pardonnerai jamais ! C'était très important que tu sois là pour que je te présente à mes parents *avant* le mariage ! On est en voiture là. On se retrouve devant la mairie. La cérémonie est à 11 h 30 ! Magnez-vous le jonc, toi et ton témoin !

Témoin-que-rien...

— Qu'est-ce que tu marmonnes dans ton jupon ? s'étonne ma mère.

Je raccroche et sors la tête.

— Rien, rien... Je... je répétais mes vœux.

— On arrive, ma chérie. Regarde-moi tout ce monde ! Oh non, tante Odile nous a encore sorti son chapeau en plumes de cygne ! Attends bien que papa t'ouvre la porte pour sortir, sinon tu risques de marcher sur ton voile.

Ils sont venus, ils sont tous là.

Elle va mourir la Chacha...

*
* *

Mon père referme la portière derrière moi. Je soulève ma robe et m'avance vers la foule chamarrée qui se presse sur le parvis de la mairie. J'embrasse le tout-venant en cherchant Stéphane des yeux.

— Qu'est-ce que t'es belle ! s'émerveille Maya.

Vincent me fourre sa caméra dans les narines, je me force à sourire.

— Tu as vu ta robe ! s'affole Laure.

— Je sais, je sais...

— T'inquiète, Charly, ça se voit à peine, baratine Paul en me serrant dans ses bras. Tu es resplendissante !

Delphine arrive avec Doudou dans les bras :

— Alors tu te maries, c'est sûr ?

Toute la bande se fige, guettant ma réponse.

— On dirait bien, non ?

— Maman est quasiment guérie, tu n'as plus besoin de te sacrifier.

— T'es médecin, toi, maintenant ? Allez, on ne va pas remettre ça. Dans combien de temps j'y passe ?

— Il y a encore un mariage et après, c'est à nous, répond Maya.

— D'accord. Hé ! Delph, tu savais que c'était les quarante ans de mariage des parents aujourd'hui ?

— Je ne savais même pas qu'on avait encore le droit de les appeler « les parents ». Merde, qu'est-ce qui est arrivé à ta robe ?

— Oui, je sais ! Maman va m'arranger ça. Maya, t'as vu Stéphane ?

— Non. Vous ne deviez pas arriver ensemble ?

— Si, mais…

Je baisse d'un ton :

— Je ne comprends pas, je n'ai pas de nouvelles depuis deux heures et il est injoignable.

Mes potes se décomposent. Je tends ma pochette à Paul :

— Prends mon portable. Je n'ai plus beaucoup de batterie, mais appelle Stéphane en boucle, s'il te plaît. Je suis sûre qu'il est en chemin, mais avec lui on ne sait jamais. Maman !

Ma mère papillonne d'un invité à l'autre en faisant sa châtelaine.

— Maman !!!

— Oui, ma chérie, on y va.

Je rajuste mon bustier à air comprimé et la suis.

*
* *

Ma mère frotte ma robe comme une lavandière, mais la tache s'avère plus coton que prévu. Je suis obligée de m'agripper au lavabo.

La porte des toilettes s'ouvre à la volée.

— C'est bon ! s'exclame Paul. Je l'ai eu ! Il m'a dit qu'on avait de la chance, qu'il était dans le coin. Il arrive d'une minute à l'autre.

— De la chance ? glousse ma mère, qu'il est drôle, mon gendre !

Hilarant. Demain, je demande le divorce.

Paul resserre son nœud de cravate :

— Delphine vient de me dire que le dernier mariage est sur la fin. Ça va être à nous.

— OK, merci mon Polo.

Il repart. Ma mère se remet à frotter. Je reste silencieuse. Elle s'arrête, me regarde et, me prenant par les épaules, elle me tourne face au miroir :

— Regarde, on ne voit presque plus rien.

Sur ma robe, non, mais sur mon visage, je lis une expression qui fait tache. Dos à moi, ma mère m'entoure de ses bras et pose son menton sur mon épaule.

— Je suis tellement heureuse, mon trésor. J'ai presque l'impression que c'est moi qui me marie.

Je détourne les yeux.

— Qu'est-ce qui t'arrive ? Souris, mon petit rat.

Un frisson me parcourt l'échine. Je me défais de son étreinte.

— Ça va, maman, c'est juste que… ma robe est trempée.

— Tu crois que je n'y ai pas pensé peut-être ? me tranquillise-t-elle en déclenchant le sèche-mains.

Alors que je me contorsionne sous l'air chaud, la porte s'ouvre à nouveau et… Loïc débarque en sweat, haletant, son casque de moto sous le bras !

La soufflerie s'arrête, pas mon souffle au cœur.

— Qu'est-ce que tu fais là ?!

— C'est vrai, Stéphane, pouffe ma mère en se mettant entre nous pour me cacher. Vous ne devez pas voir sa robe avant le mariage !

Je questionne Loïc des yeux en gesticulant derrière maman, le visage déformé par l'incompréhension. Loïc balbutie :

— Ton ami Paul vient de m'appeler…

— Paul ?! Oh, non…

Je me revois rentrer le numéro de Loïc dans mon iPhone sous le pseudo « Stéphane C », C comme Comédien…

Et comme Conne que je suis ! J'aurais dû préciser à Paul que le bon Stéphane était à « Auffray » !

— Mais vous n'êtes pas du tout habillé, Stéphane ! s'affole ma mère.

— C'est-à-dire que… je n'ai pas eu… le temps…

Mon père fait irruption dans ce guêpier pour trois abeilles :

— C'est à nous.

— Mais regarde, Henri, s'exclame ma mère catastrophée, Stéphane n'est pas en tenue !

Mon père lui serre la main :

— Alors mon gendre, on ne s'est pas réveillé ? Vous avez fêté ça trop dignement hier soir ?

— Euh… Je… Oui, c'est ça.

— On doit faire la même taille, constate mon père en le toisant. Venez avec moi.

Loïc me fixe, hébété. Impuissante, je lui fais signe de le suivre. Il faut que je me retrouve seule avec ma mère pour la préparer au changement imminent de mari. Avant de sortir, mon père caresse la joue de ma mère :

— T'inquiète pas, Nanouche, je vais arranger ça.

Elle papillonne des cils en les regardant traverser le couloir et entrer dans les toilettes pour hommes. Je referme la porte.

— Maman ?

— …

— Maman !

— Oui, chérie ?

— Je… Il faut que je t'avoue quelque chose… Ce n'est pas le bon Stéphane !

— Tu sais, ma chérie, on ne peut jamais savoir si c'est le bon. Moi, je l'ai su tout de suite, mais c'est rare.

— Qu'est-ce que tu racontes ? Je te rappelle que vous êtes séparés.

— Mais pas divorcés.

Maya fait une entrée triomphale :

— C'est bon ! Le marié est là !

Ma mère la congédie gentiment :

— Oui, oui, on sait, merci.

— Comment c'est possible ? s'étonne Maya. Il vient d'arriver.

J'écarquille les yeux :

— Tu veux dire que…

— Stéphane t'attend devant le maire, oui.

— Dis donc, note ma mère sidérée, il s'est vite changé ! Heureusement que ton père est là. On dira ce qu'on voudra, il est toujours l'homme de la situation.

— C'est ça, maman. Va t'asseoir, Maya, on arrive tout de suite.

Elle nous laisse. Je prends ma mère par les épaules.

— Maman, il faut qu'on se dépêche, mais je dois te prévenir que le Stéphane que je vais épouser, tu ne le connais pas.

— Pas bien encore, c'est vrai, mais… Oh ! Regarde-moi cette coiffure, attends que je t'arrange ça.

Ma mère repique les marguerites dans mes cheveux en fredonnant *Plaisir d'amour*. Elle est ailleurs. Tant mieux, qu'elle y reste parce que la séquence qui va suivre pourrait comporter des scènes susceptibles de heurter sa sensibilité.

*
* *

— Vas-y en premier, maman.

— Bien sûr, bien sûr, je te laisse faire ton entrée.

Ma mère entrouvre la porte et se faufile dans la grande pièce lambrissée. J'attrape ma robe et reviens sur mes pas en courant. Là, il y a deux écoles : soit je perds dix minutes à convaincre mon père de se rhabiller et de venir dans la salle sans chercher à comprendre, soit…

Ce que je vais faire est très laid.

Je soulève le fauteuil que j'ai repéré dans le couloir et le coince sous la poignée des toilettes pour hommes.

Désolée, papa… Et maintenant, à table. Je sens que ça va être un Festen.

*

* *

J'entre dans la salle. Un courant d'air fait claquer la porte derrière moi. Toutes les têtes se tournent en même temps, à commencer par celle de Stéphane. Il se tient devant le maire dans un costume blanc pailleté ! C'est ça, le super costard de son pote ? Pourquoi pas des rouflaquettes tant qu'on y est !

Le parquet craque. Moi non. J'avance dans un tourbillon de soupirs émus, ignore les mines défaites de mes potes, me place à côté d'Elvis et lui murmure entre mes dents :

— Qu'est-ce que c'est que ce déguisement ?

— Ça en jette, non ?

— Non, ça *se* jette.

Je fais un grand sourire crispé au maire qui entame son discours :

— Nous sommes tous réunis en ce samedi 21 juin, dans la mairie du 6e arrondissement de Paris pour célébrer l'union de Charlotte Martine Anne Malère et de Stéphane Alain Michel Auffray…

Je n'ose pas regarder ma mère, que j'entends s'étouffer derrière moi. Le maire déroule son discours jusqu'à ce que, tout à coup, la porte s'ouvre violemment. Bravant le torticolis, l'assistance se tourne à nouveau. Je pivote dans un étourdissant froufrou. Mon père déboule en sweat et jean délavé.

— Je vous prie de nous excuser pour ce retard, mais on était bêtement enfermés dans les toilettes.

Apparaît timidement derrière lui Loïc, flottant dans sa queue-de-pie. La rumeur monte. Ma tension chute. À ma mine déconfite, Loïc comprend qu'il y a eu un changement de programme. D'un mouvement sec du menton, je lui désigne Stéphane. Il le reconnaît. Le temps de reconnecter ses neurones, il saisit mon père par la manche et le force à s'asseoir au dernier rang.

— Je peux reprendre ? me demande le maire.

— Je vous en prie.

Je risque un regard vers ma mère. Elle est de la couleur de ma robe. Delphine l'évente avec son faire-part. Avachi à côté d'elles, le témoin beatnik de Stéphane pique du nez. Le maire poursuit son speech sur l'importance de notre engagement et finit par la question cruciale :

— Stéphane Auffray, acceptez-vous de prendre pour épouse Charlotte Malère, ici présente ?

— Oui !

Ça y est, le mot est lâché.

— Charlotte Malère…

À chaque syllabe, je perds dix centimètres.

— … acceptez-vous de prendre pour époux…

Je m'enfonce à vingt mille lieues sous le maire.

— … Stéphane Auffray, ici présent ?

N'y tenant plus, ma mère se lève :

— Mais enfin, Charlotte, dis quelque chose ! Stéphane Auffray n'est pas ici présent, il est *là-bas* présent, affirme-t-elle en pointant Loïc du doigt.

La rumeur monte. Stéphane bouillonne. Loïc rentre la tête dans son col amidonné. Comme à Roland-Garros, tous les invités passent d'un mari à l'autre en se demandant qui remportera le match. Je n'ai qu'une envie : plaquer mes mains sur mes oreilles et me balancer d'avant en arrière en psalmodiant une comptine. Je suis ramenée à la lourde réalité par les supplications de ma mère :

— Pour l'amour du Ciel, Stéphane, levez-vous, qu'on mette fin à cette mauvaise blague !

Mon père incite vivement Loïc à obtempérer. Il ne bouge pas d'un bouton de manchette. Papa se lève, le chope par le col et le pousse dans l'allée. Il s'avance vers nous à petits pas dans son costume trop grand, mais on sent bien qu'il rêverait de sortir discrètement de la salle en moonwalk. Mon père rejoint ma mère et la prend dans ses bras.

Le maire me dévisage :

— Bon, vous épousez qui, alors ?

— Moi ! s'impose Stéphane. Encore ce mariole ?

— Mariole toi-même, contre-attaque Loïc.

Stéphane fonce sur lui et l'empoigne. Mes potes s'interposent. Paul se prend un coup de coude malheureux et valse dans les chaises pliantes. Ma mère, affolée, se blottit contre mon père. Là, je hurle :

— STOOOOOOP !

Arrêt sur image. Je demande calmement au maire de répéter sa question.

— Euh… je… Bien sûr. Charlotte Malère voulez-vous prendre pour époux… un de ces Stéphane Auffray ?

Je remplis mes poumons d'air à faire sauter toutes mes baleines :

— NOOOOON !

Ma mère chancelle et mes potes exultent. Delphine est la première à me sauter dessus.

— Tu nous as fait peur, on a vraiment cru que tu allais te marier. Maintenant, il faut que tu te grouilles. L'avion pour Mexico décolle dans deux heures.

— Hein ?! Quoi ?! Mais…

Delphine me tend mon passeport, Maya mon billet, Laure ma pochette et Paul une enveloppe :

— Charlotte, tu m'écoutes ? s'assure-t-il.

— Je… Oui, mais maman…

Je regarde ma mère, qui secoue la tête d'incompréhension. Mon père la réconforte. Derrière eux, c'est un joyeux bordel. Les invités s'indignent, les femmes arborant des chapeaux à plumes se déplacent dans tous les sens. Ça caquette dans la basse-cour.

— T'inquiète pas pour maman, enchaîne Delphine. Papa et moi, on s'en occupe. C'est leurs quarante ans de mariage, non ? Alors on va fêter ça ensemble au Chalet des Îles !

— Charlotte, reprend Paul, dans cette enveloppe, tu as toutes les indications pour rejoindre l'ONG de Martin.

— Je n'y arriverai jamais.

— Bien sûr que si, je t'ai tout expliqué par écrit.

— Mais non, à l'aéroport ! Je n'y arriverai jamais à temps !

La tête de Loïc sort de la mêlée :

— Viens, je t'emmène !

Il se fraie un chemin vers la sortie. J'hésite et le suis.

— SUNSHINE !

Je me retourne et regarde Stéphane. Désolée de ne pas trouver les mots, je lui souris. Il plonge la main dans sa poche et me lance quelque chose que j'attrape au vol. Au creux de ma paume, je découvre son petit scarabée.

— Va retrouver ton photographe, m'encourage-t-il, j'ai bien vu que vous vous kiffiez.

Je serre le poing, lui murmure « merci » et pars en courant rejoindre Loïc.

*
* *

Alors que je m'apprête à grimper sur sa moto, Loïc me regarde de haut en bas.

— Ça ne va pas le faire. Attends, ne bouge pas.

Il se penche, attrape un volant de ma robe et, en me faisant tourner, il la déchire au-dessus du genou.

— Beaucoup mieux.

Il met son casque et sort le deuxième du top-case.

— Enlève ton voile.

— Je ne peux pas, j'ai la tête comme une pelote d'épingles.

— Désolé…

Il m'enfonce le casque sur le crâne en m'arrachant un gémissement et enfourche sa bécane. Je monte à l'arrière, pose mes escarpins blancs sur les repose-pieds, serre ma pochette contre moi et m'accroche à sa taille. Il met le contact :

— On y va ?

— On y va !

Il démarre sur les chapeaux de roues.

*

* *

Lancés à cent vingt kilomètres à l'heure sur l'autoroute, j'entends mon voile qui claque et sa queue-de-pie qui chante.

Si dans deux heures j'ai le cul posé dans cet avion, je jure de ne plus jamais chercher à me marier.

*

* *

Loïc fait crisser ses pneus devant le terminal 2E de Roissy-Charles-de-Gaulle. Je descends et enlève mon casque délicatement pour ne pas y laisser mon scalp.

— Merci, Loïc, vraiment, c'est…

— Allez, trace !

Je ne me fais pas prier : je détale, rentre dans l'aéroport et suis assaillie d'informations. Il y a des écrans partout, pour les départs, pour les arrivées, des panneaux signalétiques, des logos de compagnies aériennes, lettres, chiffres, flèches… Je zigzague dans tous les sens comme une volaille à qui l'on a coupé la tête et qui continue à courir. Une phrase de ma mère me revient : « Quand il s'agit de trouver son chemin, le monde est coupé en deux : d'un côté, il y a ceux qui tournent comme des idiots pendant des heures et qui ne trouvent pas – exemple : ton père –, et de l'autre, il y a ceux qui demandent tout de suite. » Je cours vers un comptoir.

*

* *

« MADEMOISELLE CHARLOTTE MALÈRE SUR LE VOL AIR FRANCE 8038 À DESTINATION DE MEXICO EST ATTENDUE PORTE 47. MADEMOISELLE CHARLOTTE MALÈRE. »

— C'est moi !!!

J'agite ma carte d'embarquement au bout de la file qui avance mollement sous le portique de sécurité. Un des agents me fait signe d'approcher. J'avance vers lui en me faisant aussi discrète que ma robe le permet. Il jette un coup d'œil à mon passeport. Je lui souris bêtement parce que je viens de me rappeler que j'étais brune à l'époque de la photo.

— Votre carte d'embarquement ?

Je lui tends le bout de carton froissé qui a déteint dans ma main moite. Il l'examine et me le rend :

— Allez-y.

— Merci !

Je m'excuse auprès des passagers, attrape un bac en plastique et y dépose mes effets personnels. Ça va aller très vite : ma pochette et… ma pochette, et je m'apprête à franchir le portique.

— Vos chaussures.

— Ah oui, pardon.

J'enlève mes escarpins, les mets dans un deuxième bac en plastique, passe et… ça bipe.

C'est-à-dire ?

L'agent me somme de revenir sur mes pas.

— Vous avez quelque chose à déclarer ?…

Oui, j'aime Martin.

— … Clés ? Pièces de monnaie ? Lame de rasoir ? Bijou ?

— Non… Ah si ! Une broche ! Dans le genou droit !

Il me toise. Dans les haut-parleurs, une voix suave me rappelle à l'ordre :

« DERNIER APPEL POUR MADEMOISELLE CHARLOTTE MALÈRE SUR LE VOL AIR FRANCE 8038 À DESTINATION DE MEXICO, EMBARQUEMENT IMMÉDIAT PORTE 47. »

Du regard, je le supplie d'activer le mouvement. Il me scanne le genou avec son détecteur à métaux qui bipe-bipe.

— Passez.

D'un bond, je me retrouve en zone libre. Je récupère ma pochette et pars en courant, mes escarpins à la main.

Porte 42… 43… 44… 45… 46… 47 !!!

Hors d'haleine, je m'arrête devant les deux hôtesses, qui sont en train de fermer le cordon de sécurité.

— Attendez ! Je…

Impossible de parler. Pliée en deux, je crache mes poumons. Je tends ma carte d'embarquement à une des hôtesses qui refuse de la prendre :

— Désolée, madame…

— Ma… de… moiselle…

— Désolée, mademoiselle, mais l'embarquement vient de se terminer.

— Oh non… Je… vous en prie… Je…

— Le prochain vol pour Mexico…

— Mais non ! C'est celui-là qu'il faut… que je prenne ! S'il vous plaît ! Vous n'avez… jamais été amoureuse ? C'est à la femme que je parle… pas à l'hôtesse ! Je viens de m'évader de mon mariage pour retrouver… l'homme de ma vie !

— Écoutez, mademoiselle, je ne sais pas quoi vous dire…

— Ne dites rien et laissez-moi passer ! Je suis sûre… que vous pouvez le faire ! Vous ne voyez pas que je suis entre la vie et l'AMOOOOUR ?!

Je tombe à genoux, les bras en croix, auréolée de marguerites défraîchies.

La passion selon sainte Charlotte. Je suis à deux doigts de me flageller avec les cordons de sécurité.

Les deux hôtesses se regardent. J'ai l'impression de gratter à la porte du paradis. L'une prend ma carte d'embarquement et l'autre décroche son téléphone :

— Vous avez fermé la porte ?

Elle hoche la tête et raccroche. Mon cœur se décroche.

— Relevez-vous, mademoiselle.

Je m'exécute, vibrante d'espoir. Elle ouvre le cordon.

— Dépêchez-vous.

— C'est vrai ?! Oh ! Merci, merci, merci ! Vous êtes géniales !

Je les embrasse et pique un sprint.

*

* *

Je m'échoue sur mon siège près du hublot. Dans ma robe montée en neige, j'ai le sourire béat de Katharine Ross à la fin du *Lauréat*. L'avion décolle. La place à côté de moi est vide. Je prends mes aises et rêvasse à mes retrouvailles avec Martin : le soleil orangé se couche derrière les cactus. On court l'un vers l'autre les bras tendus. Je lui saute au cou, enroule mes jambes autour de sa taille, et il me fait tourner au ralenti en me couvrant de baisers.

Je regarde mon reflet dans le hublot, détache une marguerite de mes cheveux et commence à l'effeuiller :

... passionnément, à la folie, pas du tout, il m'aime, un peu, beaucoup, passionnément, à la folie, pas du tout, il m'aime, un peu, beaucoup, passionnément... à la folie... Comment ça pas du tout ?

Une petite angoisse monte alors que l'avion s'élève. Et si Martin n'avait plus aucune envie de me voir ? Pire, s'il avait rencontré quelqu'un là-bas ? Une fille simple, altruiste, engagée, jamais un gramme de maquillage, une fille-nature-et-découverte !

Un steward se place au milieu de l'allée et énumère les consignes de sécurité. Je n'arrive pas à me concentrer. À l'idée de courir au crash avec Martin, j'ai des palpitations. Je ne sais même pas où je vais ! Le Mexique, c'est au moins quatre fois plus grand que la France ! J'ouvre ma pochette, prends l'enveloppe de Paul et en sors un papier que je déplie. Des billets de cinq cents pesos tombent.

Avoir un bon copain, c'est ce qu'il y a de meilleur au monde...

Je les glisse dans mon portefeuille et commence ma lecture :

« Ma Charlotte,

Si tu lis ce papier, c'est que tu es dans l'avion en train de flipper. Ne t'inquiète pas, on est là pour te guider dans ta quête du Martin Graal. On a recoupé les infos de sa dernière expo et des renseignements pris sur Internet : son ONG se trouve à mille quinze kilomètres de Mexico. »

Ah ! quand même...

« Elle s'appelle Casa de Salud. C'est une organisation qui participe au développement éducatif des enfants dans la province du Chiapas, la région la plus pauvre du Mexique. Autant te dire que voyager seule dans ce coin quand on est une blonde décolorée, ce n'est pas conseillé. Évite aussi de parler anglais – les gringos ne sont pas bien vus dans le coin –, pas de jupe courte ni de décolleté plongeant... Bref, on compte sur toi pour la jouer discrète. »

Acheter impérativement une autre tenue à l'aéroport.

« Dès que tu atterris, tu as seulement trente minutes pour trouver le guichet de la compagnie de cars Cristo Tex et choper un billet pour Tuxtla Gutierrez. Le bus part de l'aéroport à 19 h 30. »

Et je fais comment pour me changer ? Je ne m'appelle pas Arturo Brachetti.

« Ci-joint, trois mille pesos. Sache que cent pesos = six euros. Le billet doit aller chercher dans les mille pesos. Tâche de ne pas te faire arnaquer par des vendeurs de billets à la sauvette. Une fois dans le car, tu as douze heures de trajet. Attention, ne t'endors pas sur la fin, parce qu'il faut que tu descendes à l'avant-dernier arrêt, à savoir : Ocozocoautla de Espinosa. »

Spinoza... j'ai l'impression que la vie m'incite à prendre tout ça avec philosophie.

« Arrivée à Ocozo', ça se complique. Comme la saison des pluies commence au mois de juin, les routes boueuses de montagne sont bloquées pendant plusieurs jours. La météo n'annonce pas de précipitations importantes, donc normalement tu devrais pouvoir partir tout de suite. Il te reste quatre-vingts bornes à faire. Prends un taxi. Attention, dis-lui bien de... »

Je me concentre, mais au bout de trois lignes, je m'enlise dans les explications. Des noms improbables de bleds à traverser ou à éviter dansent sur le papier.

J'y reviendrai en temps voulu.

Je retourne le papier et lis en diagonale les généralités à connaître :

« Sept heures de décalage horaire. »

Constipation à prévoir.

« Présence de scorpions, abeilles tueuses, serpents à sonnette, tarentules… »

Je m'en fous, j'ai mon scarabée.

« Ne pas boire l'eau du robinet, éviter les piments, ne pas faire de stop, fermer le loquet de sécurité dans les taxis, prévoir des bakchichs pour les flics corrompus… »

Les classiques, quoi.

Je replie le papier et pose mon front contre le hublot. Dehors, c'est le village dans les nuages. Je ferme les yeux.

*
* *

— Mademoiselle ?

Je sursaute.

— Vous désirez boire quelque chose ?

— Euh… oui… Un thé, s'il vous plaît. Et vous n'auriez pas une couverture supplémentaire ?

— Bien sûr, je vous apporte ça tout de suite.

L'hôtesse me donne mon thé et repart en tortillant du derrière dans sa jupe fendue. Sur l'écran de mon voisin de devant se déroule la scène finale de *Quatre mariages et un enterrement* que je connais par cœur. Sous une pluie battante, Hugh Grant bégaie sa déclaration à la ravissante Andie MacDowell : « Crois-tu que tu pourrais accepter de ne pas m'épouser, et crois-tu que le fait de ne pas être mariée avec moi est une chose que tu pourrais envisager jusqu'à la fin de tes jours ? »

C'est sûrement un signe : soit je vais retrouver Martin, lui sauter dans les bras et pleurer des rivières, soit il va pleuvoir des cordes pendant une semaine et je vais être obligée d'attendre mon heure, coincée dans un hôtel quatre étoiles :

* Pas de chambre individuelle.
* Pas d'eau chaude.
* Pas de connexion Internet.
* Pas de pitié pour les gringos.

L'hôtesse revient avec la couverture.

— Merci.

— Vous avez besoin d'autre chose ?

— Puisque vous en parlez, j'ai besoin que vous me rendiez un énorme service.

Aéroport de Mexico, 19 heures, heure locale.

Je me laisse porter par l'escalator, habillée en hôtesse de l'air : tailleur bleu marine, calot fixé sur mes cheveux défaits, foulard noué autour du cou et ma pochette blanche sous le bras.

Charlotte Malère est habillée en Jackie Brown.

Arrivée à l'étage, je déchante. Une longue file s'étire devant le comptoir de la compagnie Cristo Tex. Des mômes courent dans tous les sens, rappelés à l'ordre ici par une Mexicaine en jupon orange, là par un Mexicain coiffé d'un sombrero. Je me mets au bout de la file et j'attends, j'attends… j'attends. Ça n'avance pas. Je sors mon portable pour regarder l'heure. Écran noir. J'essaie de le rallumer, mais ce n'est plus qu'un bout de plastique.

Évidemment, je n'ai pas mon chargeur. Espérons que j'en trouve un arrivée à destination. Je le range et prends les indications de Paul. Le bus pour Tuxtla part dans… coup d'œil à une horloge… dix minutes. C'est bien ça : je n'aurai jamais le temps d'acheter mon billet !

À moins que…

Je fends la foule avec aplomb et l'uniforme fait le reste. Ça grogne un peu, mais je fais la sourde oreille. Derrière son guichet, l'hôtesse a le monosourcil de Frida Kahlo. Je me lance :

— Hola ! Oune billete para Tuxtla por favor.

Elle secoue la tête en me mitraillant d'une phrase en espagnol. J'insiste :

— No comprendo. Oune billete para Tuxtla por favor.

Je sors deux billets de cinq cents pesos. Elle sourcille – très impressionnant – et me fait comprendre par une astucieuse combinaison de gestes et d'injures que je dois faire la queue comme tout le monde.

— Mais je ne peux pas ! No… No puedo ! No puediiissimo ! ONG ! Important ! On m'attend… Euh… enfants malades ! Chicos malados ! Urgencia ! Partir now !

Je l'implore du regard. Elle prend mes billets de mauvaise grâce et fait glisser mon ticket et ma monnaie sur le comptoir.

— Muchas gracias !!! Dónde está my bus ?

Elle m'indique vaguement une sortie. Je déguerpis, traverse le terminal et passe les portes coulissantes. L'air chaud m'enveloppe et m'engourdit. La bonne nouvelle, c'est que des cars stationnent en enfilade devant le terminal. La mauvaise, c'est que pour identifier le mien, il faudrait que je connaisse son numéro de stationnement, or, après vérification, il n'est pas indiqué sur mon ticket. Un vent chargé de poussière me brûle les yeux. Je ressors ma feuille de route, arrête un autochtone et la lui montre en pointant « Tuxtla » du doigt. Il m'indique le bus violet tout cabossé qui est en train de partir. Je me mets à courir en agitant mon papier. Arrivée à hauteur du bus, la feuille m'échappe des mains et s'envole. Le chauffeur ouvre les portes en ralentissant à peine. Une seconde, j'hésite à revenir sur mes pas. Il klaxonne. Je n'ai pas le choix : j'accélère et saute dans le bus en marche. Par la vitre arrière, j'aperçois ma carte au trésor tournoyer dans l'air.

Dis au revoir à ton ballon rouge, Charlotte.

*
* *

Assise au fond du bus bondé, je suis coincée entre un vieux Mexicain aux trois dents en or et une femme qui sent la friture. La gamine endormie sur ses genoux s'essuie gentiment les sandales sur ma jupe depuis deux heures. Dans l'allée s'amoncellent des valises usées, des cages à poules et des sacs de cochonnailles. Je crois qu'une radio diffuse de la musique, mais ça hurle tellement d'un siège à l'autre que c'est à peine perceptible. Combien de temps il disait sur le papier ? Douze heures de trajet ? Encore dix ?!

Puta madre...

La chaussée est défoncée, le chauffeur aussi. Nids-de-poule et queues-de-poisson, tout ça est très raccord avec le milieu olfactif. J'aimerais bien étendre mes jambes, mais il faut que je reste sur mes appuis pour pallier l'absence de suspension. J'ai l'impression de passer mon étrier de bronze. Si, par miracle, je survis à ce trajet en trot enlevé, je n'aurai plus qu'à m'avancer vers Martin les jambes arquées à la John Wayne.

À travers la vitre, je regarde défiler le paysage à la nuit tombante. Sur le bord de l'autoroute, on dépasse des chiens errants, des cyclistes chargés comme des ânes, des piétons sortant de nulle part et des stations-service Pemex dans une desquelles j'adorerais m'arrêter pour faire une toilette de chat (comprendre, me décaper au Kärcher), mais je n'oserai jamais descendre du bus, de peur qu'il reparte sans moi. En même temps, il faudra bien que je descende un jour, mais où ? Ah, c'est sûr que sans mon papier, je fais moins la maligne. Cuzco ? Non, ça c'est Walt Disney… Bosco ? Non, ça, c'est *Shérif fais-moi peur*… Ah ! il y avait un nom de philosophe à la fin ! Spinoza, c'est ça : ESPINOSA !

Comme délivrée, je me retourne vers mon voisin :

— Excusame… Euh… Espinosa ?

Il secoue la tête et se tape le torse :

— No. Mario.

Hou, l'haleine !

— No, no, Espinoza, la… villa… cuidad ! La ciudad !

— Ah sí! Ocozocoautla de Espinosa ?

— Sí !!!

Le soulagement me fait monter les larmes aux yeux… à moins que ce soit ses émanations d'oignons putrescents. Je continue mon investigation en respirant exclusivement par la bouche :

— Je… Moi descendre… descendère… partir…

— Partir ?

— Si ! Partir à Oco-machina de Espinosa. Cuándo ?

Il part dans une diarrhée verbale (qui n'a jamais aussi bien porté son nom). J'ai l'impression qu'on descend au même arrêt. Il finit en me gratifiant d'un sourire *béant*.

— Muchas gracias… hombre.

— De nada, señora.

Señorita…

À partir de maintenant, ma vie dépend de Mario et de son trident d'or.

*
* *

Plus un bruit dans le bus à part les mosquitos qui se régalent. Je somnole sous la lumière grésillante. J'ai la cuisse gauche fondue dans celle de ma voisine. Sur ses genoux, sa gamine tète paisiblement son pouce.

Comment tous ces gens arrivent à dormir ?! Entre les cahots de la route, les ralentisseurs perfides, l'alarme stridente qui se déclenche dès qu'on dépasse la vitesse autorisée et puis ce froid ?! De toute évidence, ma veste d'hôtesse de l'air est un peu légère pour les nuits mexicaines. J'ai les artères en Mr. Freeze. Alors que je relève mon col et descends mon calot sur mes yeux, le bus s'arrête brutalement. Je manque de partir la tête la première dans une cage à poules.

Il a eu son permis dans un paquet de tortillas ou quoi ?

Le chauffeur se retourne et hurle quelque chose en espagnol. Tout le monde sort de sa léthargie et se dirige vers la sortie en enjambant le bordel accumulé dans l'allée. Le bus se vide comme si on venait d'en retirer la bonde. Je suis le mouvement en me demandant pourquoi on s'arrête à 2 heures du mat au beau milieu de la pampa.

Je ne sais pas pourquoi, je le sens moyen...

Dehors, les femmes et les enfants partent d'un côté et les hommes de l'autre. Je choisis mon camp. Au terme d'une fine analyse, j'en conclus qu'on fait une pause-pipi. Faiblement éclairées par les phares du bus, on se déculotte en rang d'oignons. Mes talons s'enfoncent dans la terre meuble. Je remonte ma jupe au milieu des petites lucioles qui dansent autour de moi et me baisse en évitant de me piquer le cul sur un cactus.

En attendant le rouleau de papier toilette qui passe de main en main, je bâille à m'en essorer les glandes lacrymales. Je suis au bout de la file...

... et du rouleau. Pas de pot.

*

* *

Quand je remonte dans le bus, l'ambiance n'est plus à la siesta, mais à la fiesta. Trois gros moustachus ont attaqué une bouteille de tequila artisanale. Les femmes sortent de leurs sacs des épis de maïs, du pain à l'ail et des ailerons de poulet. Les enfants chahutent, chouinent, crient. Moi qui craignais de susciter la curiosité avec mes mèches blondes et ma tenue d'hôtesse de l'air, force est de constater que j'ai moins d'attrait qu'un casse-dalle ou qu'un shot de tord-boyaux. Je fais du saut d'obstacles pour rejoindre ma place. Alors que le bus repart, je me rassieds à côté de la petite fille qui se met à brailler d'une voix suraiguë. Je me serais bien passée de cette libre adaptation de *La Reine de la nuit.*

Sa mère fouille dans le cabas posé à ses pieds et lui donne un morceau de… barbaque séchée ? La gamine le balance aussi sec (sur ma veste bien sûr, *where else* ?) et se remet à travailler son contre-ut. Pourquoi je n'ai pas embarqué le kit de survie de l'avion : boules Quies et masque pour dormir ? Sa mère la berce, mais il n'y a rien à faire… à part dénouer mon foulard et lui fourrer au fond de la gorge ou, plus technique, lui arracher la glotte avec mes ongles. Imperturbable, mon voisin de droite grignote un épi de maïs avec ses trois ratiches.

Record en cours.

Bon, il n'y a pas de raison que ce qui marche avec ma nièce ne marche pas avec elle. Je me penche vers son petit visage larmoyant et me mets à lui fredonner la chanson de *Pocahontas* :

— Courons dans les forêts d'or et de lumière. Partageons-nous les fruits mûrs de la vie…

La gamine s'arrête net et ouvre de grands yeux rougis. J'enchaîne :

— La Terre nous offre ses trésors, ses mystères. Le bonheur ici-bas n'a pas de prix…

Tous les gamins alentour grimpent sur leur siège

et me dévisagent. Je crois que je tiens un truc. Je monte le son :

— JE SUIS FILLE DES TORRENTS, SŒUR DES RIVIÈRES ! LA LOUTRE ET LE HÉRON SONT MES AMIS ! ET NOUS TOURNONS, TOUS ENSEMBLE, AU FIL DES JOURS. DANS UN CERCLE, UNE RONDE À L'INFINI.

C'est quoi ces paroles ?

Je termine la chanson. La gamine se remet immédiatement à brailler comme si je venais de lui arracher sa tétine. Son gros chagrin se propage. Des foyers de larmes se déclarent un peu partout dans le bus. C'est les polyphonies mexicaines. D'un sourire, les parents m'incitent à continuer. Peu inspirée, je dégaine le single de *Blanche Neige*. Tous les nains commencent à se balancer en rythme.

— Un jour, mon prince viendra…

Mais il n'est pas pressé, cet enfoiré.

*
* *

Debout dans l'allée, au milieu des bagages, je relève un peu ma jupe et brave les secousses en chorégraphiant à l'oursonne *Il en faut peu pour être heureux*. Je fais des grimaces en imitant la voix de Baloo. Les gosses sont morts de rire… et moi, de fatigue. À la fin de la chanson, tout le bus applaudit. Je salue humblement et m'apprête à retourner à ma place. Le chantage aux sanglots redémarre de plus belle. Une vieille femme à la chevelure blanche et hirsute me fixe bizarrement. Si même les grands s'y mettent, je ne suis pas sortie de l'auberge mexicaine. Je leur fais comprendre que j'ai froid en me frottant les bras, que j'ai soif en me tenant la gorge et que j'ai sommeil en bâillant la main devant ma bouche. Je crois que je ne peux pas être plus claire, mais apparemment mes petits problèmes personnels n'intéressent personne. Un sosie de Zapata me file un poncho. Je l'enfile.

Viva Zapata !

Un des trois gros moustachus me tend un verre de tequila que je décline poliment. Le Bon, la Brute et le Truand me fixent du regard. Ils sont tellement alcoolisés que si quelqu'un allume une clope, c'est tout le bus qui saute. Je prends la tequila à contrecœur et approche le verre de mes lèvres. La Brute me retient le bras tandis que le Bon remplit une vingtaine de verres et timbales. Tous brandissent leur tequila en gueulant un obscur slogan. Sur ce, ils trinquent avec moi et boivent cul sec. Impossible d'y échapper : je siffle ma gnole et tombe à la renverse. Le Truand me relève et me ressert aussitôt.

*
* *

— DANS LA JUNGLE, TERRIBLE JUNGLE, LE LION EST MORT CE SOIR ! OH WIIIII OH WI OH WIMBOWÉ ! WIIIIIII ! OH WIM OH WIMBOWÉ !

Je balance mon calot et tape dans mes mains pour donner du rythme. Des mecs commencent à faire des percus avec tout ce qu'ils trouvent. On se croirait dans une pub Jacques Vabre. La vieille femme au strabisme divergent me fixe toujours, c'est flippant, on dirait la mère de Gollum. Après la tequila, les mariachis sortent une bouteille de mescal qu'on sèche en une tournée. J'ai l'épouvantable privilège de croquer le ver boursouflé d'alcool qui reposait au fond. Pour eux, clairement, on vient de passer un cap dans notre amitié. Espérons que ces tournées ne dégénèrent pas en tournantes.

Wait AND SING !!!

*

* *

— MEXICO, MEXI-IIIIIIII-CO ! SOUS LE SOLEIL QUI CHANTE, HI !

Je me suis accessoirisée d'un sombrero et fais des maracas avec deux boîtes de haricots secs. J'ai les joues rouge-pimiento et la voix usée jusqu'à la corde (vocale), mais on dira ce qu'on voudra : l'alcool, ça fait des merveilles ! J'ai presque envie d'embrasser maman Gollum qui s'est rapprochée dangereusement et me répète en boucle :

— Canta… bien !

— Oui, oui, moi aussi, j'aime bien Bertrand Cantat.

Le rapport ?

Elle dodeline doucement de la tête en me regardant et se couvre le visage avec les mains. Ses ongles en deuil laissent présager d'une hygiène douteuse.

— Ma-la-suer-té, crie-t-elle de temps à autre comme un mantra.

On a compris, elle a mal quelque part, mais où ? À la suerté ? Et alors, qu'est-ce que je peux y faire ? C'est pas ma faute ! Qu'elle m'oublie un peu ! Je compatis pour qu'elle me lâche :

— Desolada señora pour ta suerte.

Ah… elle vient de tomber dans le coma, très bien.

Je n'ai aucune idée de ce que je dois faire pour arriver jusqu'à Espinosa. Je n'ai plus de batterie dans mon portable, aucun numéro en tête et aucune suite dans les idées. Mais ce n'est pas grave parce que…

— LE TEMPS PARAÎT TROP COURT POUR GOÛTER AU BONHEUR DE CHAQUE JOUR. MEXICO MEXI-IIIIII-CO !

*
* *

Martin m'enlace tendrement. Ses mains remontent le long de mon dos. Il commence à me caresser les épaules et, tout à coup, il m'empoigne et me secoue comme un prunier. J'ouvre les yeux. La trogne burinée de mon voisin m'apparaît en gros plan.

— Ocozocoautla ! chuchote-t-il.

J'émerge la bouche pâteuse et le corps engourdi. Je murmure :

— Cuándo ?

— Ahora !

Je me dégage en prenant soin de ne pas réveiller les enfants allongés tout autour de moi. Je rassemble bah… ma pochette et me lève. Tout le monde dort à l'exception des frères Troisgros, de Zapata et de la vieille sorcière qui descendent en même temps que moi. Le bus entre dans un village et s'arrête sur la place. Les portes s'ouvrent. La vieille me bouscule. Si ce n'était pas complètement absurde, je jurerais qu'elle m'a arraché un cheveu au passage.

Je suis la dernière à descendre. Éblouie par la lumière, je mets ma pochette en visière. Sous des parasols décolorés, des Mexicains vendent des babioles et des fruits sur des couvertures. Des guirlandes de fanions, vestiges d'une fête de village, scintillent au soleil. Il est à peine 8 heures du matin et il fait déjà une chaleur écrasante. Je salue le chauffeur qui me gratifie d'un :

— Adiós, Carlotta !

— Adiós, Felipe.

Je le regarde, attendrie. La cigarette qu'il m'a permis de griller à l'avant du bus entre nulle part et *nowhere* restera l'une de mes meilleures doses de nicotine. Il referme la porte. Dans le reflet de la vitre, je découvre mes cheveux gominés et plaqués en arrière par la transpiration de la nuit. On dirait une prof de flamenco. Alors que le bus opaque de poussière repart vers d'autres aventures, j'enlève mon poncho pour le rendre à Zapata. Il refuse :

— No, no, es un regalo.

— Oui, moi aussi, je me suis bien regalo, mais…

— No, para ti ! Regalo para ti !

— Cadeau ? Ah, muchas gracias !

Ils me tapent tous dans le dos comme si j'avais avalé un truc de travers et puis, tout à coup, je suis livrée à moi-même, debout au milieu de la place. Le clocher de la petite église sonne. J'ai les fesses en compote, les reins en marmelade, bref, c'est l'heure du petit déj. J'ouvre ma pochette. Avant de trouver un cybercafé, il me faut un expresso et idéalement un croissant aux amandes, mais je me contenterais d'un…

Non… C'est pas vrai ! C'EST PAS VRAI ?!

Je m'accroupis et renverse le contenu de ma pochette par terre. Du gloss à lèvres. Ah ! ça, oui, en veux-tu en voilà, du briquet et du paquet de clopes, mais plus d'iPhone, plus de passeport, plus de porte-feuille…

Plus d'espoir !

Je tombe le cul dans la terre battue…

… comme moi.

*

* *

Une fois sortie de ma catatonie, j'allume une clope et fixe la croix en bois qui se dresse à côté de la fontaine. Qu'est-ce que j'ai fait pour mériter ça ? Je ne peux pas croire qu'ils m'aient dépouillée pendant la nuit ! Mes camarades de route ! Mes compagnons d'infortune ! Quelle chèvre !!! Pourquoi je n'ai pas pensé à coudre mes billets dans ma culotte ? Et mon passeport ! Comment je vais faire ? Mes larmes font des sillons dans la poussière de mes joues.

Francis Cabrel, sors de ce corps.

J'écrase ma clope et range dans ma pochette les quelques objets que je pourrais troquer contre une part de tortilla : huit cigarettes light, un briquet jetable et un fond de gloss chaud. Hou, je sens que ça va se bousculer au portillon… Je me relève épuisée et vais jusqu'à la fontaine en traînant mon poncho comme un doudou crasseux. Je plonge ma tête dans l'eau, la ressors et m'ébroue. Même si ça fait un bien fou, ça ne suffira pas à me rafraîchir les idées. Comment s'appelait cette putain d'ONG ? J'ai le vague souvenir qu'il faut que je prenne un taxi, et que j'ai encore quatre-vingts bornes à faire dans la pampa, mais vers où ?

C'est seulement à la quatrième gorgée que je me rends compte de ce que je suis en train de faire : je bois à la fontaine comme si j'étais au milieu d'un petit village provençal. Il ne manquerait plus que je me vide comme un lapin derrière l'église.

Bon, focus : dans ma situation, que ferait une blonde peroxydée de type caucasien déguisée en hôtesse de l'air ?

Je devrais le savoir quand même.

Aller chez les flics, ce n'est même pas la peine d'y penser. Vu que je n'ai plus un peso pour les bakchichs, ils vont m'envoyer croupir au fond d'une geôle en abusant de moi allègrement. Non, à partir de maintenant, je n'ai plus qu'une solution : faire pitié, quémander un café et une connexion Internet pour trouver le nom et le numéro de l'ONG. Martin va venir me chercher fissa et tout ne sera plus qu'un lointain et mauvais souvenir. Tant pis pour les retravailler au ralenti…

Je repère un logo Pepsi peint sur la façade d'un boui-boui. Je traverse la place et pousse les portes battantes. Tous les visages se tournent vers moi. L'endroit sent le churro au caramel et la bière poisseuse. Au plafond, des ventilateurs brassent de l'air. Il n'y a que des hommes, accoudés au comptoir ou assis dans la salle. Leur silence couvre presque le son de la petite télé accrochée au mur. Je ne me suis jamais autant sentie « femme de gringo ».

Je m'approche du barman :

— Euh… Hola.

— Qué quieres ?

D'un coup, je trouve que mendier un café manque un peu d'ambition.

— I need help.

— Qué ?

— Help please. No tengo money, no tengo nada, ni pasaporte, ni teléfono. Je… Yo… have to go à la ONG francesa para chicos… school children… french… Francesa ?

Il secoue la tête et retourne à sa *telenovela*. J'insiste, mais je vois bien que je ne peux pas rivaliser avec Maria qui vient de révéler sa liaison avec son demi-frère. Je ressors, la tête basse, et suis à nouveau séchée sur place par la chaleur. Mon ventre gargouille : la tequila fait du rafting dans mon estomac. J'enlève ma veste et noue les manches autour de ma taille, mais je ne sais pas quoi faire de mon poncho. Le troquer ? Autant essayer de refourguer un pot de rillettes au Mans.

La journée passe et repasse sans me voir. J'ai fait trois fois le tour de la ville… enfin du pueblo pour trouver un cybercafé. Sans succès. Autant chercher un sex-shop dans un village amish. Je n'ose pas toquer aux portes en quête d'une connexion Internet. À chaque fois que j'essaie d'entrer en contact avec quelqu'un, soit on me vire comme un chat errant, soit on me regarde comme une chatte brûlante. Dans un cas comme dans l'autre, je prends la tangente. En plus, j'ai eu beau raser les murs tout l'après-midi, j'ai le front qui cloque et les avant-bras carmin.

Le soir, la place s'anime un peu. L'unique café sort des tables et des bancs. Des plats fumants me passent sous le nez. Je manque de tourner de l'œil. Je m'assieds sur les marches d'un escalier. C'est l'horreur. La nuit tombe et je ne sais pas où crécher. Même entre l'âne et le bœuf, ça m'irait très bien, mais je ne vois aucune grange accueillante à l'horizon. Un hôtel ? Et comment je le paierais ? En montrant mes seins, ça « m'exique » qu'à moitié. Je ne vais pas m'asseoir derrière un petit panneau « Cent pesos la pipa », je vaux mieux que ça.

Au moins deux cents.

Quoi faire ? Je n'ai aucune envie de dormir à la moche étoile. Et cet estomac qui ne me lâche pas les talons. J'enfouis ma tête dans mes bras, envisage assez sérieusement de pleurer, mais là, contre toute attente, quelqu'un me tapote l'épaule. Je relève la tête. La vieille folle du bus me tend un grand bol de soupe fumante. De tout près, elle est encore plus impressionnante : des gris-gris autour du cou, des cheveux électriques couleur champagne rosé, une tunique amidonnée de crasse, toujours cet œil qui dit *mierda* à l'autre et des ongles à me tendre une pomme empoisonnée. N'écoutant que ma fringale, je saute sur la soupe. Entre deux aspirations, je la gratifie d'un :

— Gracias, muchas gracias. Buena la soupa !

Après m'être brûlée au quatrième degré avec son clair brouet aux haricots rouges, je lui rends son bol en concluant « encore gracias ». Sans transition, elle approche ses griffes de mon visage, m'écarquille l'œil droit et l'examine longuement. Tétanisée, je me laisse faire. Elle semble lire en moi comme dans un œil ouvert. Elle finit par hocher la tête, se redresse et m'invite à la suivre. Invitation que je décline (instinct de survie oblige). Ah ! Il semblerait que ce ne soit pas une invitation, mais plutôt une injonction. Qu'est-ce que j'ai à perdre, après tout (à part mon âme) ? Elle m'a proposé le couvert, pourquoi pas le gîte ? Et puis arrêtons de nous fier aux apparences, cette femme repoussante, c'est peut-être ma sorcière bien-aimée. Je décide de la suivre. À la sortie du village des damnés, nous pénétrons dans une maisonnette délabrée.

Je découvre une pièce extrêmement rudimentaire. Sur les étagères, de nombreuses bougies éclairent des fioles de toutes sortes et des sachets d'herbes (du thé ? de la beuh ? des herbes aromatiques pour cuisiner ?). Des poules couvent dans les tiroirs d'un vieux buffet et un chaudron fume sur un poêle. Elle prend l'unique chaise et la place au milieu de la pièce. Une pour deux ? C'est quoi le délire ? Elle va mettre de la musique pour qu'on joue aux chaises musicales ? Manifestement, non. Elle m'y assied de force, bourre d'herbes une sorte d'encensoir, y ajoute un long cheveu blond décoloré (mon ADN, ma fierté) et allume le tout. Il s'en dégage une épaisse fumée âcre. Elle me couvre ensuite d'un drap initialement blanc et commence à chanter d'une voix d'outre-tombe. Je claque des dents et elle monte le son.

Je me persuade de toutes mes forces que je suis en train de vivre un moment magique que je pourrai raconter à mes petits-enfants. C'est ça ou elle est en train de parfumer ma chair pour mieux me manger. Elle est gentille, mais j'ai du mal à respirer sous ce drap qui se colle à mon visage. Je sens qu'elle me caresse avec quelque chose, puis ses mouvements deviennent de plus en plus secs. Là, carrément, je devine qu'elle me fouette avec une sorte de branchage. Je tente un geste pour virer mon linceul et la défier, mais elle me zèbre la main d'un coup de rameaux. Je pousse un petit cri de bête traquée et n'ose plus moufter jusqu'à ce qu'elle m'enlève enfin le drap.

Respiro !

Elle va jusqu'au buffet, soulève le cul d'une poule, prend un œuf et revient se planter devant moi. Je me prends à espérer qu'elle va me beurrer des mouillettes… Ses yeux se révulsent d'un coup et, possédée par je ne sais quelle puissance, elle balade l'œuf tout le long de mon corps. Là, ça peut difficilement être plus clair. La preuve par l'œuf : elle essaie de m'exorciser, mais pour conjurer quoi ? Le mauvais sort ?

Je lui souhaite bien du talent.

Une fois qu'elle a fait le tour du propriétaire, elle casse l'œuf dans une coupelle et me le met sous le nez : il est noir. Je la dévisage, terrifiée. Elle prend mon visage dans ses mains comme pour me rassurer :

— Terminada la mala suerte.

Fin des festivités. Je la remercie sans trop savoir de quoi, mais apparemment on a évité le pire. Elle me désigne une paillasse dans un coin et sort sans plus d'explications. D'un seul coup, je suis prise d'une insurmontable envie de dormir. Je m'allonge et plonge dans un sommeil paradoxal.

*

* *

Je me réveille, sale à l'extérieur, mais comme nettoyée à l'intérieur ! Je me demande ce qu'elle m'a fait, la rebouteuse, parce que j'ai une *patata frita* d'enfer ! Elle ronfle dans un coin. Pour le gîte et le couvert, je dépose mon gloss à côté d'elle (première étape vers la féminité) et sors dans la rue. Il doit être 7 heures du matin. Hello, le soleil brille, brille, brille… Je respire à pleins poumons et m'allume une clope ! Je sens que la vie va me dédier cette journée ! Le cœur léger et le bagage mince, je retourne jusqu'à la fontaine. Les marchands ambulants se remettent en place. Il flotte dans l'air comme un relent de déjà-vu, mais je ne me dépars pas de ma bonne humeur. En palpant machinalement ma pochette, je sens quelque chose qui s'est glissé dans la doublure ! Je l'ouvre et déchire le tissu en nourrissant l'espoir absurde d'y trouver une pièce d'or. En sortant le petit scarabée de Stéphane, je m'adosse à La Fontaine…

La Charlotte, ayant chanté
Tout l'trajet,
Se trouva fort dépourvue
Quand la guigne fut venue.
Pas un seul petit morceau
De mouche ou de vermisseau...

Mais un putain de scarabée qui, pour mémoire, était censé ME PORTER CHANCE ! Je le balance. Un petit garçon me le rapporte aussitôt.

Mais c'est le sparadrap du capitaine Haddock, ce truc !

Je lui fais comprendre qu'il peut le garder. Il écarquille les yeux :

— Es un regalo ?

— Si, voilà, un regalo.

— Para mí ?!

— Para qui d'autre ?

Il part en courant vers ses parents qui sont en train de charger des courses à l'arrière d'un pick-up rongé par la rouille. Je le vois ouvrir sa petite main et leur montrer le scarabée en me pointant du doigt. La mère plisse les yeux, tandis que le père me remercie d'un hochement de bandana rouge et me fait signe de venir. Je les rejoins sans demander mon reste (de toute façon, il ne me reste rien).

À part « hola » et « regalo » je ne comprends pas grand-chose, mais je peux lire dans leurs yeux de la douceur et de la compassion. Jonglant avec mon espagnol niveau quatrième, je leur retrace mes mésaventures de A à Z en passant par le O, le N et le G.

— ONG francesa ? relève le père.

— Sí !

— No se llama Casa de Salud ?

— SI !!! CASA DE SALUD !!!

Je lui tombe dans les bras, partagée entre le fou rire et la crise de nerfs. Il me prend par les épaules, pousse un peu les sacs à l'arrière du pick-up et me fait asseoir sur le rebord. La femme empoigne un bidon d'eau derrière moi et me le donne. J'enlève le bouchon, soulève les cinq litres et biberonne comme un jeune veau. Je m'essuie la bouche avec la manche de mon chemisier et les supplie de m'emmener. Les parents se regardent et échangent quelques mots. Je les coupe :

— Arrivado à la Casa de Salud… Euh… pesos… pesos de mi amigo for you… pesos para la familia.

Le père secoue la tête. Je m'accroche désespérément :

— Por favooooor. Pesos para la familia, I promess.

Impuissante, j'assiste à une nouvelle concertation. La mère finit par hausser les épaules et le père pousse un cri de ralliement. Deux autres gamins rappliquent et ils s'entassent tous avec leur mère dans la petite cabine à l'avant. Elle claque sa porte. Le père me dit un truc qui sonne comme… une excuse ? Un encouragement pour la suite de ma galère ? Je ne sais pas, mais le fait est qu'il contourne la voiture, s'assied derrière le volant, ferme sa portière et démarre.

Le petit garçon se retourne et plaque le scarabée contre la vitre en rigolant. Je suis là, comme un chien qu'on abandonne au bord de l'autoroute en plein mois d'août. De toute façon, même s'ils avaient voulu, il n'y avait pas de place pour moi. Je tourne les talons. Un klaxon nasillard me surprend. Pleine d'espoir, je fais volte-face. Penché à sa fenêtre, le père m'invite d'un geste à monter à l'arrière. Je prends mon élan et saute dans les sacs en fosbury. Le sourire aux lèvres, je laisse échapper le « yeeeees » de la victoire !

La chance tourne enfin ! Merci Pandora ! J'ai le cœur qui bat la « chaman » !

*

* *

Dos à la marche, je tiens mon poncho sur la tête pour éviter l'insolation. Bringuebalée comme un sac à *patatas*, je cuis à l'étouffée et rêve de piquer une tête dans le fleuve qui, en contrebas, étincelle dans la lumière. Cela dit, s'il continue à rouler comme un dingue, je pourrais bien être exaucée. C'est à croire que la route a subi un bombardement. Un cahot me fait décoller. Ma jupe pousse un cri déchirant et je retombe la tête dans un sac, nez à nez avec un régime de bananes. Mon instinct animal se réveille. Je me réinstalle comme je peux, en décroche une, l'épluche et mords à pleines dents dans sa chair sucrée et tiède.

J'ai la tignasse crêpée, le visage terreux et la jupe comme un pagne, bref, c'est l'enfant sauvage, mais qu'importe : ce pick-up diffuse un air de liberté à la Jack Kerouac. Je ne sais pas exactement où je vais, mais j'y vais. Martin est au bout du chemin et j'ai la banane.

*
* *

On s'arrête enfin devant un portail en bois sur lequel est gravé *Casa de Salud*. Je récupère ma pochette coincée entre deux sacs et descends, le cul aussi rouge que celui d'un babouin en période de rut. Toute la famille sort de la voiture. Je les serre un à un dans mes bras et demande au père d'attendre :

— Yo… cherchar pesos para tí… Wait here.

— No, está bien.

— Comment ça no-está-bien ?

Il m'explique par le menu pourquoi il ne veut pas de mon argent. Inutile de dire que je ne comprends même pas l'entrée, mais en tout cas, je n'aurai pas d'addition. Je pense qu'ils doivent habiter pas loin, sinon, ça veut vraiment dire que Dieu existe.

Dans ce cas, j'aurais deux mots à lui dire…

En attendant, émue, je tends mon poncho au père, accompagnant mon geste d'un fier :

— Regalo !

Ça y est, je suis bilingue. Il n'y a pas à dire : la méthode Assimil, que dis-je, à neuf mille kilomètres, c'est imparable.

Il m'embrasse chaleureusement. Dernières effusions. Je parle français, eux espagnol, on ne se comprend pas, mais qu'est-ce qu'on s'aime ! Ils remontent tous en voiture. Le père fait demi-tour dans un nuage de poussière. Je leur dis au revoir de la main en toussotant jusqu'à ce qu'ils disparaissent à l'horizon.

Je me recoiffe comme je peux, mais pour bien faire, il me faudrait le peigne de Jimi Hendrix. Coup d'œil à gauche, coup d'œil à droite, j'enlève mon chemisier, le retourne, m'essuie le visage et le reboutonne ni vu ni connu.

J'espère que Martin est sensible aux charmes de la fille Pierrafeu.

Je pousse fébrilement la porte et me glisse dans un jardin à la végétation luxuriante. En remontant l'allée vers une grande hacienda, je passe devant un oranger qui sent la pâtisserie orientale. Je me frotte les avant-bras et le cou avec une poignée de ses fleurs blanches et entre dans l'hacienda où il fait frais. Le hall est vide, mais j'entends un cliquetis de couverts. Je passe la tête dans un grand réfectoire. Un mec est en train de dresser de longues tables pour le déjeuner.

— Hola…

Il lève le nez.

— Sí ?

— Chercho Martin Gall. Es oune fotógrafo…

Il vient à ma rencontre avec un grand sourire.

— Je n'ai pas compris : tu cherches Martin, c'est ça ?

— Tu parles français ?!

— Il vaut mieux. Je suis né à La Courneuve. Tu viens d'où, habillée comme ça ? Ton avion s'est posé en catastrophe ou quoi ?

— Bah… Euh… c'est un peu ça, oui. Tu connais Martin Gall ?

— Bien sûr, il doit être dans le coin.

— Quel coin ?!!

Alors que je lutte contre la tachycardie, il gueule :

— Cédric, tu sais où est Martin ?

Un roux hirsute sort la tête de sa cuisine :

— Salut.

— Elle cherche Martin. Tu sais où il est ?

— Au potager. Il donne un coup de main à Tiffany.

Tiffany ?! Qui c'est celle-là ?

Je ravale ma jalousie et m'informe :

— Le potager, c'est par où ?

— Quand tu sors de ce côté, tu vas voir, tu suis le sentier jusqu'au pont. Tu le franchis et c'est là, derrière. Tu veux que je t'accompagne ?

— Non. Je… C'est une surprise, je préfère y aller toute seule.

— Comme tu veux. Tu restes déjeuner ?

— Oui… enfin, y a des chances.

— À tout à l'heure… Tu ne nous as pas dit comment tu t'appelais.

— Charlotte.

— À tout à l'heure, Charlotte.

Je grimace un sourire et sors. Il n'a pas tiqué quand j'ai dit mon prénom. Conclusion : Martin ne leur a jamais parlé de moi.

Normal, il est trop occupé à prendre le breakfast avec Tiffany.

J'emprunte un sentier et longe un baraquement d'où s'échappent des voix d'enfants qui scandent l'alphabet. Je traverse une aire de jeux avec des balançoires bricolées et des piles de pneus peints. Je continue à suivre le sentier à travers un verger de manguiers. Les oiseaux chantent, et moi, je déchante en découvrant le pont : cette chose longue et molle qui pendouille au-dessus d'un fleuve mouvementé et bruyant. De l'autre côté, j'aperçois une dizaine de personnes qui travaillent la terre. Je reconnais Martin… barbu… bronzé… divin en pantalon de treillis et chemise aux manches retroussées. Mon cœur s'arrête, puis recommence à battre à contretemps. Je m'approche du pont, pose un pied sur la première latte et attrape les cordes. Surtout ne pas regarder en bas. J'ai quinze mètres à faire sous le soleil de Satan au-dessus d'un torrent qui fait un boucan d'enfer. En me tenant bien, ça va passer tout seul. Je progresse péniblement. Le pont tangue. Je serre les fesses.

À mi-parcours (du combattant), mon talon se coince entre deux lattes. Je jette un coup d'œil pour voir comment me tirer de ce mauvais pas et là, c'est le drame : je vois ma chaussure, mais surtout le vide et, plus bas, la rivière sans retour.

Vertige de l'amour, je suis paralysée. Les mains tétanisées sur les cordes, j'ai des sueurs froides en plein cagnard. Moi qui rêvais de courir vers lui au ralenti… Tant pis, allons-y pour les retrouvailles-quevaille. Je gémis :

— Martin…

Tout le monde continue à bêcher joyeusement. Je monte le volume :

— Martin !

Mon appel se noie dans les remous. Bon, trois choix s'offrent à moi : soit je me suicide en faisant un saut carpé à la Esther Williams, soit je me dessèche sur place comme une vieille salamandre, soit je poitrine un hurlement à la Céline Dion.

Pardon pour les postillons...

— MAAAARTIN !

Tous les bineurs se redressent en même temps. Quand Martin me voit, sa pioche lui tombe des mains. Je lui fais un petit sourire dans lequel je fourre pêle-mêle excuses, supplications et promesses. Il s'approche et s'arrête au début du pont.

Putain, qu'est-ce qu'il est beau !

En portant la voix pour couvrir le bruit de l'eau, il me lance :

— Qu'est-ce que tu fais là, Charlotte ?

— Là ? Je m'essaie à l'accrobranche.

— T'es en voyage de noces ?

— Tu ne veux pas venir me chercher ?

— Pas avant de savoir ce que tu fais là.

Derrière lui, tout le monde tend l'oreille. Les rapides brouillent l'écoute. Je suis en plein Watergate.

— Charlotte ?

— Oui ?

— J'attends.

— Euh... J'ai un truc à te dire, mais c'est plutôt intime. Tu ne veux pas venir me chercher, d'abord ?

— Non. Je t'écoute.

— T'es vraiment dégueulasse.

— C'est ça que tu es venue me dire ?

— Non, t'es con.

— De mieux en mieux.

— Martin, j'ai peur. Je suis sérieuse.

— Je ne bougerai pas tant que tu ne m'auras pas dit ce que tu as à me dire.

Très bien. Tu le prends comme ça, je vais m'en sortir toute seule.

Je dégage mon pied. Le pont de la rivière couine. Mon escarpin tombe. Je pousse le cri de Munch. Martin a le réflexe de me venir en aide, mais il se reprend immédiatement. Je geins :

— Martin, s'il te plaît.

— Je t'écoute !

Sous les yeux de tout le monde, j'articule sans un son :

— Je t'aime.

— Quoi ?

À peine plus fort :

— Je t'aime.

— Je n'entends rien.

— Bah ! lis sur mes lèvres ! Je-t'ai-meu.

— Je n'entends pas, je te dis ! Charlotte, si tu veux que je vienne te…

— JE T'AIME ! JE T'AIME ! JE T'AIME ! JE T'AIME !

Je hurle et n'arrive plus à m'arrêter. Martin explose de rire :

— Ça va, c'est bon, je viens, je viens…

Il pose un pied sur le pont qui se met à bouger.

— Non, ne viens pas !!! Ne viens pas !!!

— Charlotte, regarde-moi. On le prend tous les jours ce pont, ça va très bien se passer. Tu vas enlever ta deuxième chaussure et avancer jusqu'à moi. Tiens-toi aux cordes et avance. Une main et un pied après l'autre. Et surtout, ne me quitte pas des yeux !

— Je n'y arriverai jamais !

— Pourquoi, je ne te plais pas avec la barbe ?

Je souris et commence à avancer, rivée à son regard. Chaque pas me coûte, mais me rapproche de lui.

— C'est bien, tu y es presque. Sexy, ton déguisement !

— Je t'emmerde.

— Ah ! ça, c'est sûr que tu n'as pas fini de m'emmerder.

Quand je pose enfin les pieds sur la terre ferme, c'est mon cœur qui se met à tanguer. Martin m'enlace. Je passe ma main dans sa barbe, dans ses cheveux… Il pose ses lèvres sur les miennes et on s'embrasse à perdre haleine.

Le ciel craque au-dessus de nous et une averse torrentielle éclate. Il fallait au moins ça pour nous déscotcher. Il prend mon visage détrempé dans ses mains. Je murmure :

— Tu sais, je m'en fous si tu ne veux pas m'épouser. Je…

— Ah bon, tu t'en fous ?

— Complètement !

— Charlotte ?

— Oui.

— Veux-tu devenir ma femme ?

OUI !!

Photocomposition *CMB* Graphic
44800 Saint-Herblain

Achevé d'imprimer par GGP Media GmbH, Pößneck
en juin 2013
pour le compte de France Loisirs,
Paris

N° d'éditeur : 73298
Dépôt légal : avril 2013
Imprimé en Allemagne